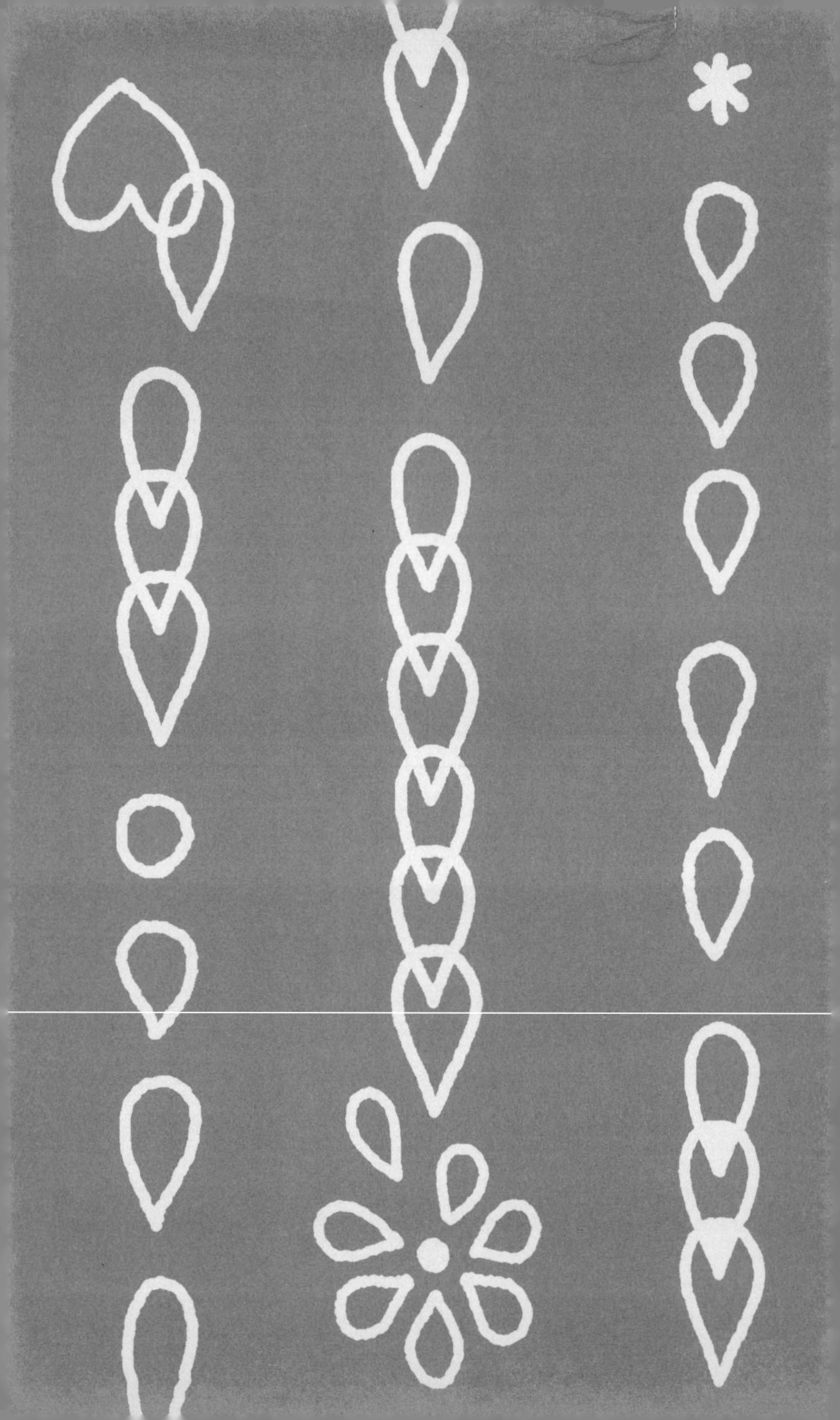

girls in tears

ガールズ イン ティアーズ

涙がとまらない

ジャクリーン・ウィルソン＝作

ニック・シャラット＝画

尾高 薫＝訳

理論社

ガールズ　イン　ティアーズ

涙がとまらない

ブックデザイン／高橋雅之（タカハシデザイン室）
描き文字／大滝まみ

girls in tears

CONTENTS

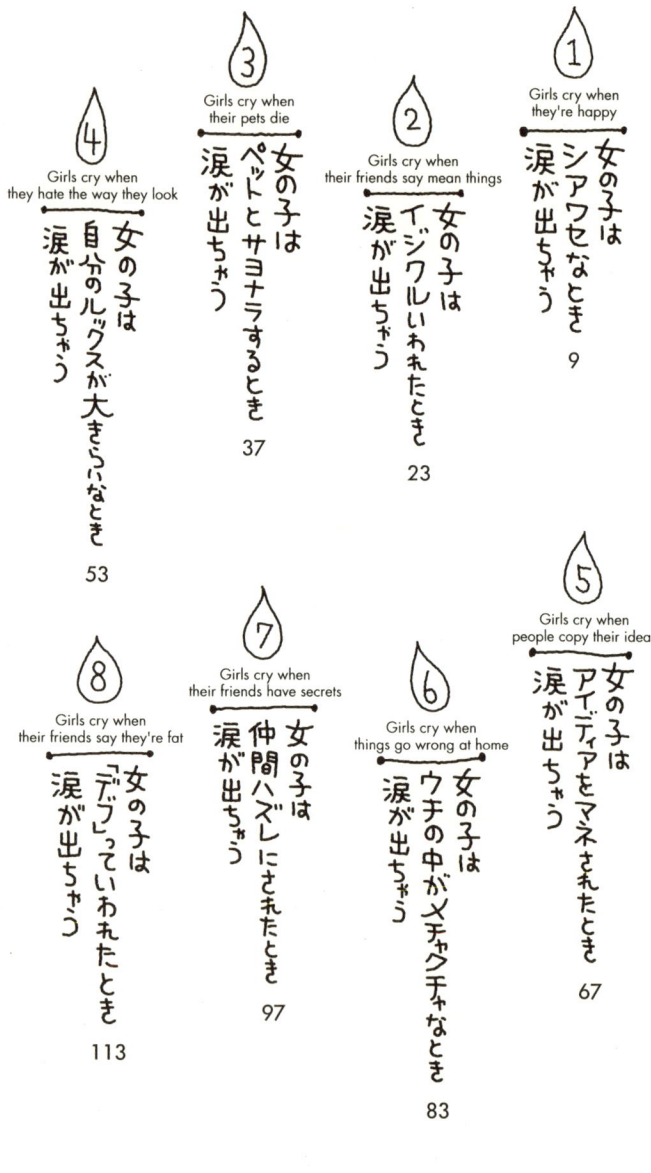

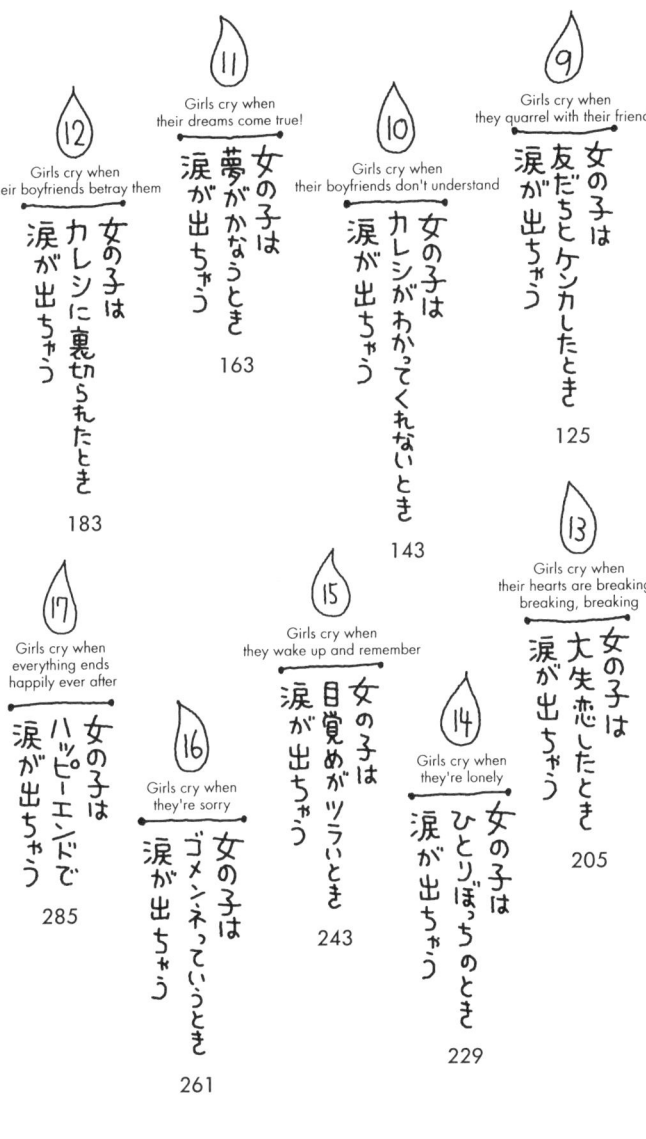

アンダーソン・ガールズ・スクール
涙の三人娘

エリー Ellie

茶色のちぢれ毛。過激なダイエットに失敗。
亡き母に会いたい＆アート で成功したい。
今の悩みはどこまでユルすか…

おとうさん●アートスクールの教授。このところ帰りが遅く、行動がアヤシイ…
アンナ●おとうさんの二度目の妻(もとの教え子)。ニットウェア・デザイナーとしてデビュー！
エッグ●小学１年生の弟
ラッセル●エリーのボーイフレンド。アートで成功したいと思っている
ロス●エリーの亡くなったおかあさん

ナディーン **Nadine**

黒のストレート。モデル体型で服と
メイクはモノトーン。つらい恋に落ちやすい体質？

ナターシャ●子どもタレントとして活躍中の妹
おかあさん●ナターシャばかりかわいがる、おカタい母親
リアム●元カレ。夢中になったけど悲惨なことに

マグダ **Magda**

赤く染めたベリーショート。バッチリメイクと
胸の谷間がミリョクだけど、やりすぎは…

両親＆兄たち●末娘のマグダをあまやかし放題
グレッグ●ちょっとまえにつきあってた男。
子どもっぽいので、すぐ別れたけど…

ヘンダーソン●エリーたちの担任。体育教師。ホッケーの鬼
ウィンザー●産休中のリリー先生のかわりにやってきた
ハンサムな美術教師
マドレー●国語の教師。いい人だけど、遅刻にうるさい

ブライアン●ラッセルの父親
シンシア●ラッセルの父ブライアンのカノジョ
ドリーム・ダン●あこがれの君。スーパー・ウルトラ・イイ男
ニコラ・シャープ●あこがれの人気絵本作家
ビッグ・マック●ラッセルの友だち。超お金持ち
謎の男エリス・トラバース●ナディーンのメル友
スーパーの男●どこかで見たような…？
ファッジ●寝てばかりのハムスター
マートル●オシャレなネズミ

1

Girls cry when they're happy

女の子はシアワセなとき涙が出ちゃう

今、「サイッコー」に幸せ！　とびきりの大ニュースがあるんだ。笑って、歌って、大《おお》騒《さわ》ぎして、ついでに涙《なみだ》ぐんじゃいそうな気分。大親友のマグダとナディーンに会うのが待ちきれない。

朝ごはんのテーブルで、コーヒーをすすり、トーストをチビチビとかじりながら、わざとらしくお皿の横に手をおいてみる。

まったく、だれか早く気づいてよ！　おとうさんや義理《ぎり》の母のアンナに愛想よくニコニコ。弟のエッグにまで微笑《ほほえ》みかけてみた。エッグは風邪《かぜ》をひいていて、鼻から緑色のスライムのような見事な青っパナを垂《た》らしてる。

「エリー、なにニヤニヤしてんだよ？」イチゴジャムを信じられないほどぬりたくったトーストを頬張《ほおば》ったたまま、エッグがモゴモゴいった。今朝《けさ》はバターがないから、アンナにジャムを二倍《ダブル》にしてもいいといわれたんだ。「こっち見んなよ」

「だれもあんたなんか見ないよ、このハナ垂れ小僧《こぞう》！　自分がどんなにキ、レ、イ、な顔してるか、わかってんの？」

「オレ、べつにキレイになんかなりたくない」そういって、エッグが思いきりズルズルッと鼻水をすするから、みんないっせいにモンクをいった。

「こらっ！　ゴハンがまずくなるだろ」おとうさんが、エッグを新聞でピシャリとたたいた。

「エッグ、ちゃんとティッシュでかみなさい」スケッチブックの上でせわしなく手を動かしながらアンナがいう。

おとうさんやエッグはともかく、アンナならすぐに気づいてくれると思ってたのに。

「ティッシュないもーん」エッグは得意そうに、鼻提灯《チョウチン》をふくらませたり引っこめたりしてる。

「ない？　そうだわ、昨日《きのう》スーパーに行けなかったから。だったらトイレットペーパーを使いなさい」

「どこにあんの？」エッグはキョロキョロとあたりを見まわした。テレビのＣＭみたいに、かわいい子犬がトイレットペーパーをころがして駆《か》けてくるとでもいうつもり？「ママ、なに描《か》いてんの？　ウサギ？　見せて」

エッグがスケッチブックを引っぱり、アンナはとられまいとして、とうとう紙がまっぷたつに裂《さ》けてしまった。

「なんてことするの！　朝六時から、この《おやすみバニー》で苦労してたのに！」アンナはエッグをどなりつけた。「甘《あま》ったれるのもいいかげんにして！　グズグズしてないで、さっさとトイレに行って、ハナをかみなさい！　わかった？」

エッグは相当ショックを受けたみたい。ハナをすすると、オズオズとテーブルからはなれた。破《やぶ》れた紙の半分を手に持ったままなのに気がついて、すまなさそうに紙の切れはしを落とすと、キッチンから駆けだした。くちびるがゆがんでる。廊下《ろうか》から泣き声が聞こえてきた。

「おい、泣いてるぞ」おとうさんがいう。

「聞こえてます」アンナはかまわず新しい紙にスケッチを始めた。

「どうした？　なにをエッグに当たってるんだ？　ちょっとスケッチが見たかっただけだろう。かわいそうに、なぐさめてこよう」おとうさんは新聞をたたむと、もったいぶって立ちあがった。

「どうぞご自由に」アンナもイヤミたっぷりだ。「あなたも親ですものね。もっとも、あの子が夜中にハナ詰《づ》まりが苦しくて、五回も目を覚ましたときは、のんきにいびきをかいてらしたけど」

「気の毒に、ティッシュがなけりゃ、ハナがつまるのも無理はない。ウチはいつから、ティッシュだのバターだの、生活必需品《ひつじゅひん》に不自由するようになったんだ？」

「さあ……」スケッチを続けるアンナの手が震《ふる》えてる。「いつもなら魔法《まほう》みたいにわいてくるのに、とでもいうの？　だれかが、毎週毎週買い出しに行くからじゃない」

こんなのたえられない。幸せ気分が、今にもしぼんでしまいそう。わたしは、おまじないのかかった「魔法の手」をにぎりしめた。三人ともどうしちゃったの？　なんでこんなにモメるわけ？　そんなのおとうさんが買い出しを手伝えばすむことじゃない。アンナもさっきのいい方はよくないよ。それにエッグは、どうしてハナさえマトモにかめないの？

こんなくだらないことで、おとうさんがどなりまくって、アンナが涙《なみだ》ぐんで、エッグが泣きわめくはめになるなんて。

悪名高きティーンエイジャーはこのわたしだ。わめいたりさけんだりするのは専売特許《せんばいとっきょ》のはずなのに。それがどう？　今日のエリーは、エラクてエガオで、その理由《わけ》は……！

わたしは腕《うで》をのばして、わざとらしく指を広げた。ついにアンナが顔をあげ、まじまじとわたしの顔を見てから、視線《しせん》を手にうつした。アンナの青い瞳《ひとみ》には、それでもなにも映《うつ》らない。映るものといえば、にっくき《おやすみバニー》だけ。

わたしはバックパックをつかむと、行ってきますをいった。アンナもおとうさんも気づきもしない。エッグがトイレでしょぼくれている。ヨシヨシ、と肩《かた》をだいたのが大まちがい――制服《せいふく》のブレザーに鼻水をつけられた。しかもエッグは、「なんで今日はやさしいんだよ？」と、不審《ふしん》そう。

これ以上「明るくやさしいエリー」を演《えん》じても時間のムダというものだ。「意地悪で気分屋のエリー」でいたほうが、ずっとマシ。「帰ったら、うーんとイジメてやるから、楽しみにしてな」わたしは小声でいうと、歯をむきだして、エッグに襲《おそ》いかかるふりをした。エッグは、半分ひきつりながら笑ってる。髪《かみ》をなぜようと手をのばしたら、あとずさりされた。わたしはニヤリと笑うと駆《か》けだした。一秒でも早く、キッチンのケンカが聞こえないところへ逃《に》げだしたい。

おとうさんとアンナは、このところ、まるで憎《にく》み合ってるみたいだ。どうやらこれは、フツーのケンカじゃない。もっともわたしは、おとうさんが再婚《さいこん》したころには、ふたりの仲がこわれるようにと祈《いの》ってた。そのころはアンナのことが大きらいで、心底《しんそこ》イヤなヤツだと思ってた。まだ幼《おさな》かったから、公平な判断《はんだん》だったとはいえないけど、アンナがおかあさんになりかわろうとしてるように思えて、許《ゆる》せなかった。

わたしの本当のおかあさんは、わたしがまだ小さいころ天国に行ってしまった。今でも毎日おかあさんのことを考える。四六時中《しろくじちゅう》というわけじゃない。ふとしたときに心のなかで話をする。話しかけると、おかあさんはちゃんと答えてくれる。それも自分なんだって、じつはわかってる。それでも、気持ちがなぐさめられる。

以前は、アンナといっしょにショッピングに行ったり、ソファに陣取《じんど》ってテレビドラマを見たりするたびに、おかあさんに対してひどくすまない気持ちになった。なんともいえないイヤな感覚で、アンナに当たったりもした。だけど今では、そんなふうに考えるのはまちがいだと思っている。アンナをどれだけ好きになったとしても、おかあさんへの気持ちには変わりがないから。

そういえば、親友のマグダとナディーンのことは、どっちが好きかなんて考えもしない。わたしはふたりとも大好きだし、マグダとナディーンもわたしのことを好きでいてくれる。

ああ、ふたりにアレを見せるのが待ちどおしい！

少しでも早く学校に行こうと、わたしはバス停めざして駆《か》けだした。そして、バックパックが空《くう》を舞《ま》う勢《いきお》いで角を曲がったとたんに、だれかと正面衝突《しょうとつ》した。ああ、なんとあこがれの君《キミ》！　以前夢中《むちゅう》だった、ブロンドの超《チョー》美形。ドリーム・ダンさまだ！　ただしこの人ゲイなんだよね。どっちにしても、こんな年上の、超《チョー》・スーパー・ウルトラ・イイ男が、わたしみたいなモジャモジャ頭《ヘア》でメガネの九年生のチビ――しかも十分おきに郵便《ゆうびん》ポスト並《な》みに赤くなる――を相手にするなんて、ありえない話だけど。

ヤダ！　また顔がまっ赤だ。あこがれの人は、ニッコリ笑いかけてくれた。「やあ！　今朝《けさ》も急いでるみたいだね」

「スミマセン！　カバンがひざのお皿を直撃《ちょくげき》しませんでしたか？」

「かもね。だけど許《ゆる》すよ。よっぽど学校が好きみたいだから」

わたしは悩《なや》ましい表情《ひょうじょう》をした。あやしいしかめっ面《つら》に見えたかもしれないけど。「学校が大好きってわけじゃないんです。勉強はイマイチだし。ただ、友だちに会いたくて」

「そうか。女の子はいいね、友だちとなんでもいっしょで。男は友だちといっても、女の子ほどくっつかないから。それじゃあ……」

「サヨナラ。今度は気をつけます」

わたしは、バックパックをふりふり、ワルツのステップをふんだ。あの人とちょっと知り合いになれた気分。それにしても、あいかわらず、超カッコいい！　これが何か月か前なら、今ごろは天にのぼる心地《ここち》どころか、あっという間に月をこえ、星々のあいだに踊《おど》り、太陽も通りこすほど、舞いあがっていたことだろう。でも今のわたしにとって、さっきの衝突はうれしい出来事ではあっても、それ以上の意味はない。あの人はただの知り合いで、か、か、カレシもいる。そして、わたしにも特別な人が……。

ラッセル。どんなステキな男《ヒト》だって、ラッセルにはかなわない。ラッセルこそが、世界一。わたしにとってかけがえのない人だ。ラッセルもわたしを大切に思ってくれる。ゆうべその証《あかし》を見せてくれた。ああ、今すぐマグダとナディーンに話したい！

ダッシュでバスに飛び乗り、せっかく早目に学校に着いたのに、ふたりともまだ来てない！　この二年半で、わたしが先に来たなんて初めてだ。そう、昨日《きのう》までのわたしとはちがう。

マグダとナディーンよ、早く来い！　なにしてるの？　クラスの何人かはもう教室にいる。マジメ系《けい》のアムナみたいな子たちだ。あんなふうに、ものすごくデキて、いつもトップの子って、なに考えてるのかな。だけどわたしも、美術《びじゅつ》ならアムナに負けない。ほかはほとんど気にならない。

わたしは美術が大好きだ。おとうさんは美術学校で教えてる。よく、おとうさんの才能《さいのう》を受けついでるといわれるけど、自分ではそう思いたくない。おかあさんに似《に》ていると思いたい。おかあさんも美術の才能があった。小さいころ描《か》いてくれた絵本を今も大切に持っている。主人公は子ネズミのマートルで、楽しいストーリーがいっぱいだ。オシャレなネズミのマートルは、大きなパープルの耳、ライラックの小さい顔、つんととがった鼻はピンク、ヒゲはシッポとお揃《そろ》いの明るいブルー……。

突然《とつぜん》胸《むね》がキュンと痛《いた》んだ。いつか自分でもマートルを描いてみよう。イラストのキャラクターを考えるのは大好きだ。いちばんのお気に入りはエリー・エレファント。モデルはわたし自身だ。わたしのサイズは、カワイイ子ネズミとは正反対の、巨大《きょだい》なゾウ・カバ・サイ系。だけど、これはもう気にしないことに決めた。

先学期はバカげたダイエットに夢中《むちゅう》になって、まわりのみんなにさんざん迷惑《めいわく》をかけた。コテージチーズとレタス以外のものを食べるたびに、パニックして……。万一バナナでも食べたら大変だ――一本七十五カロリーもある。

やっと来た！　青白い顔に切れ長の目が印象的なナディーンが、長い黒髪《くろかみ》をなびかせて登場だ。制服《せいふく》のスカートとスクールセーター姿《すがた》のときでさえ、モノトーンのクールなスタイルがキマってる。それにしても今日のナディーンの顔色は、いつもの「まっ白」とちがって、頬《ほほ》がわずかにピンク色だ。この一点が、すごい興奮状態《こうふんじょうたい》を示《しめ》してる。表情《ひょうじょう》は能面《のうめん》みたいにおさえても、この目の輝《かがや》きはただごとではない。

わたしは、指をわざとらしく動かしながら大げさに手をふって見せた。なのにナディーンは、こっちをろくに見もせず、ブラックパールのマニキュアをした手をふり返す。「聞いて、エリー！　とびきりの大ニュースなの！」

わたしのビッグニュースはどうなるの!?

2

Girls cry when
their friends say mean things

女の子はイジワルいわれたとき涙が出ちゃう

またた！　ナディーンのことは大好きだけど、この、ヒトを出しぬこうとするところだけはガマンできない。小さいころ、わたしが初めてのバービー――かわいいフツーの女の子バージョン――で喜んでいると、ナディーンは、長い髪《かみ》と深い青のドレスを纏《まと》った、特別限定《げんてい》バージョンの《夜の女王バービー》を手にいれた。ナディーンは、夜の女王のゴージャスな髪をとかし、青いドレスを空にたなびかせて、ふしぎな呪文《じゅもん》で次々と魔法《まほう》をかけた。本当はコレクションケースから出さない約束だったのに……。フツーのバービーが太《た》刀打《ちう》ちできるはずもない。夜の女王は、わたしのバービーとは遊ぼうとさえしなかった。魔法も使えない相手とは退屈《たいくつ》でつき合えない、召《め》し使《つか》いとしてなら使ってあげるという。

しかたなく下働きの地味な仕事をして女王に仕えたけど、バービーもわたしも、大いに不満だった。

しばらくして、ナディーンのおかあさんが、女王の髪がもつれ、スカートは破《やぶ》れているのに気がついた。まあ、あれだけ魔法を使えば無理もない。夜の女王は、とうとうプラスチックの宮殿《きゅうでん》に封《ふう》じこめられてしまった。ついでにナディーンも、二週間外で遊ぶのを禁《きん》止《し》された。もちろん、そんなことでめげるナディーンではない。部屋の窓《まど》から身を乗り出して、通りかかる人に泣いてうったえた。「だれか助けて！　意地悪な母親に閉《と》じこめられてるの！」

十歳《さい》のとき、わたしは生まれて初めてのハイヒールで——ぶかっこうな厚底《アツゾコ》だったけど——学校のダンスパーティに出かけた。一方ナディーンは、超《チョー》カッコいい、細身のブーツをはいてきた。ヒールは本物の細いハイヒール。ダンスのあいだに三回もころんでたけど、マジで目立ってた。

中学では、もっと悲惨《ひさん》だ。最初に生理になったのも、最初にキスしたのも、最初にカレシができたのも、全部ナディーンだ。ナディーンが初めてつき合ったリアムは、質《たち》の悪いサイテーなヤツだったけど、ルックスがサイコーで、しかも年は十八。ソイツの数々の悪事を知って別れた今も、どこかで忘《わす》れられないみたいだと、今日まで思ってた……。

「ウソみたいにゴージャスで、スーパー・カッコいい男《ヒト》と知り会ったの！　あんまりステキすぎて、自分ででっちあげたのかと思うくらい」ナディーンは意味ありげに目配せした。

ナディーンがいいたいのは、「世の中には、カレシがほしいと見栄《ミエ》をはるあまり、大ウソをつくヤツもいる」ということだ。たとえばわたしみたいに。ナディーンがリアムとつき合ってることを爆弾宣言《ばくだんせんげん》したとき、たしかにいささか動揺《どうよう》した。しかももうひとりの親友のマグダは、とびきりセクシーで、男の子にはコト欠かない。わたしは、急においてけぼりにされた気がして、とっさにダンという男《コ》の話をでっちあげた。本物のダンは、夏休みにウェールズで出会った、なんともサエない男《コ》なのに、それをたまたま道で出会っただけで名前も知らない、超《チョー》美形のドリーム・ダンとすりかえてしまった……。作り話は、いったん始めるとやめようがない。今はそんな心配もないから、ホッとする。ラッセルのことで、ウソをいう必要はまったくない。そして、今、わたしは自分の手を見つめて、指を広げた。

「ちょっとエリー、ちゃんと聞いてる？」と、ナディーン。「それに、つまんないフロクの指輪なんかつけちゃって、どうしたの？」

わたしは、顔面に平手打ちをくらったように、思わずのけぞった。一歩さがって、やっとの思いでふみとどまる。ナディーンの言葉が信じられない。友だちなのに。どうしてヒトをこんなに傷《きず》つけるの？　わたしは、ナディーンの白い顔と長い黒髪《くろかみ》を見つめたまま、かたまってしまった。輪郭《りんかく》がぼやけてくる。

「エリー？　どうかした？　まさか泣いてないわよね？」

「そんなはずないでしょ」いい返した拍子《ひょうし》に、涙《なみだ》がひとつぶ頬《ほほ》を伝った。

「ゴメンね、なにか悪いこといった？」ナディーンはわたしの肩《かた》をだこうとする。のがれようともがいても、はなしてくれない。

「ダメよ、わかるように話して。なにがあったの？　突然《とつぜん》そんな顔して……。まさかその指輪のことじゃないでしょ？」

「つまんないフロクっていった……」わたしは悲しくつぶやいた。

「それはホントよ。ウチのナターシャなんか何日もはめっぱなしにしてたら、指輪のあとが緑色になったんだから。指を切り落とさないと腕《うで》全体が壊死《えし》するわよっていってやったら、ウソ泣きして、母親にいいつけた。エリーの涙とは大ちがいだわ」ナディーンは、そっと涙をふいてくれた。

「ナターシャもこれと似《に》たのを持ってるの？　シルバーのハートの？」

「そんなのシルバーのわけないでしょ。まさか自分では買ったりしないわよね？　『ラブハート』っていう、新しい少女マンガのフロクじゃない」

「買ってない。ラッセルがくれた……」わたしは消え入りそうな声で答えた。

今までのロマンチックな気分がウソみたい。ラッセルがゆうべウチに来た。本当は、会わない約束の日だ。金曜と土曜だけがデートの日。いまいましい宿題があるという理由で。それにラッセルは新聞配達をしてるから、毎朝すごく早起きしなくてはならない。

新聞配達……。あの指輪は、選んでくれたわけじゃなかった。販売店《はんばいてん》に新聞をとりに行ったとき目についていて、マンガ雑誌《ざっし》から失敬《しっけい》した……。

「『ラブハート』のフロクを？」ナディーンはそれ以上なにをいう必要もない。

言葉にはっきりトゲがある。ナディーンはもともとラッセルのことをよくいわない。ほんの少し、ヤキモチやいてる？　と思うことさえある。ナディーンが好きになる男《ヒト》は、決まってワイルドであやしげな雰囲気《ふんいき》で、女の子をマトモな人間あつかいしない。それにくらべてラッセルは、やさしいし、アートのセンスがあって知的だ。わたしにも、友人として、人間として接してくれる。無理やり一線を超《こ》えようとすることもない。ナディーンは、「軟弱《なんじゃく》じゃない？」とか、「本気じゃないのかもよ？」とかいうけど、絶対《ぜったい》ちがう！　ラッセルも本当はすごく情熱的《じょうねつてき》だ。ゆうべふたりきりで部屋にいたときなんか、あやうく流されそうになった。

ラッセルは、美術《びじゅつ》の宿題用にオイルパステルを貸《か》すという口実でウチまで来た。ウソではないけど。アンナがエッグのお相手と、夕飯のしたくと、バニーのデザイン（オリジナルブランドのセーターの新シリーズ）にてんてこ舞《ま》いしてるすきに、わたしたちは二階にあがった。もちろんアンナは気づきもしない。

ラッセルとわたしは、わたしの部屋のベッドにぎこちなく腰《こし》かけていた。オイルパステルの使い方を見せてくれたけど、じつはわたしも七歳《さい》のときから似《に》たようなパステルを使ってる。ラッセルは、「野菜の静物画」の見本まで描《か》いてくれた。つややかな赤ピーマンの隣《となり》に黄色いトウモロコシ、反対側に対照的な配色の暗い紫《むらさき》のナス。たしかに芸術的だけど、わたしには別のアイディアがあった。野菜をアレンジして人の顔にしてみたら？　小さい新ジャガの顔に赤唐辛子《あかとうがらし》のくちびるとサヤエンドウの目をつける。トウモロコシのヒゲを金髪《きんぱつ》の髪《かみ》の毛にして、ベビーキャロットがリボンのかわり……。

けっこうイケると思ったのに、ラッセルに、そんなのイタリアの画家が、何世紀も前に描いてるよと笑いとばされてしまった。だとしたら、やっぱりフツーの静物画にしたほうがよさそうだ。それにしても、サヤエンドウも唐辛子もない。アンナがキッチンから掘《ほ》りだしてくれた野菜は、大きなジャガイモと、冷蔵庫《れいぞうこ》の奥《おく》に忘《わす》れられて、すっかり黄色くなったカリフラワーと、ファミリーサイズの冷凍《れいとう》パックのグリーンピースだけだ。このさびしいチョイスでどれほどすばらしい作品を作れるのか、やれるものならやって見せてほしい。

ラッセルが宿題に口を出すのは、ちょっと不愉快《ふゆかい》だ。でも一方では、隣《となり》に座《すわ》る体の温かさが心地《ここち》よい。ラッセルの真剣《しんけん》な表情《ひょうじょう》が好き、額《ひたい》によせた小さいシワが好き、下くちびるを軽くかむ二本の前歯が好き、バラ色の頬《ほほ》が好き……思わず手をのばすと、ラッセルもこっちを向いてキスしてくれた。スケッチブックが床《ゆか》に落ち、パステルがカーペットの上をころがったのにもほとんど気がつかない。

自然に枕《まくら》の上に頭をのせるかっこうになり、わたしたちはだき合ったまま横になっていた。いわゆる「ベッド・イン」ではないとしても、ベッドにいるにはちがいない。女の子っぽいガラクタにかこまれ、いつものテディベアの顔が見えるところに、ふたりでいるのは、妙《みょう》な気分だ。わたしは目を閉《と》じて、ラッセルのことだけを考えた。

とはいえ、耳だけは働かさないと。玄関《げんかん》のドアがバタンといった。やっとおとうさんのお帰りだ。今日もすごく遅《おそ》い。アンナがなにかどなって、エッグが泣きだした。なんとも、、、、、ロマンチックなBGM。エッグが階段《かいだん》をあがってくる。小さい編《あ》みあげ靴《ぐつ》の足音がドシン、ドシンと近づいて、わたしとラッセルは体をはなしてはね起きた。部屋に来られたらどうしよう。

ありがたいことに、エッグは入ってこなかった。でも、二階にふたりきりと知れたら、おとうさんがとんでくるにちがいない。

「ゴメンなさい！　ウチはうるさくて」わたしはワイルドにもつれた髪《かみ》を指でといた。

「気にしないで」そういって、ラッセルもわたしの髪をオモチャにしはじめた。引っぱってストレートにしては、カールにもどして遊んでる。

「どうしようもない髪《かみ》でしょ」

「ぼくは好きだよ。髪も。エリーも」ラッセルはニッコリ笑った。「忘《わす》れてた！　プレゼントがあるんだ」そしてポケットから、ピンクのティシュでくるんだ小さいまるい包みをとりだした。とっさに指輪？　と思ってから考え直した。なにバカなこと考えてるんだろう。そんなにロマンチックなものなんてありえない。まだたいしてつき合ってないし、ましてや今日は誕生日《たんじょうび》でもなければ、クリスマスでもない。きっとなにか、ちょっとしたカワイイものだ。ハート型のチョコとか、「I　LOVE　YOU」のピンバッジとか、ミニチュアのテディベアのマスコットとか。だけど全部ハズレだった。それは本当に指輪だった。きれいで繊細《せんさい》な、シルバーのハートの指輪。

「ラッセル……！」言葉が出てこない。

「してみたら？」

どの指にする？　小さいから、小指？　薬指につけて、「コイツ、婚約《こんやく》指輪とカン違《ちが》いしてる」なんて思われたくない。

「つけてくれる？」反対にたのんでみた。

ラッセルは迷《まよ》わず薬指に指輪をはめた。「サイッコー」にうれしかった！　絶対《ぜったい》はずさないと思ったのに……。

指輪を少しずらして見ると、たしかにきたない緑色のあとがある。

「あら、エリーも指をちょん切らなきゃ」ナディーンがやさしくいった。

「フロクでもかまわない。気持ちがうれしいんだ」わたしはいい切った。

それは本心。とはいえ、ラッセルがわざわざお店に行って、自分の貯金で、わたしだけのためにステキな指輪を選んでくれたと信じてた。マンガ雑誌《ざっし》のフロクが目について、ちょっと失敬《しっけい》したのとでは話がまるでちがう。

「よかったわね。さあ今度は、わたしの話も聞いてよ。ちょうどいいわ、マグダが来たからいっしょに聞いてもらおう……」

ナディーンの声が途中《とちゅう》でとぎれた。わたしたちはマグダをまじまじと見つめた。

その目は、あざやかにそめた髪《かみ》と同じくらいにまっ赤だ。そして涙《なみだ》が滝《たき》のように流れている。

3

Girls cry when
their pets die

女の子は
ペットとサヨナラするとき
涙が出ちゃう

マグダは泣かない。わたしは、反対に泣いてばかりいる！　悲しいときとはかぎらない。ビデオを見て泣くのもしょっちゅうだ。アニメでも泣く。小さいダンボとおかあさんのジャンボが、長い鼻を絡《から》ませるシーンを思い出すだけで目が痛《いた》くなる。

こわいときもすぐ泣く。小学校時代は、先生にどなられるたび声をあげて泣いていた。最近ではさすがに泣きはしないけど、今もどなり声はきらいだ。

とにかくわたしは涙《なみだ》もろい。とくに子ネコや、赤ちゃんや、小さい男の子が聖歌隊《せいかたい》でソロを歌うとかいうのに弱い。ナディーンはそんなわたしを鼻で笑う。小さいもの、やわらかいもの、カワイイもの。そういう類《たぐい》はすべて切り捨《す》てる。とはいえナディーンも、ときに応《おう》じて大声をあげ、たっぷりと泣く。例のリアムと別れたときなんて、何時間も大泣きだった。黒で統一《とういつ》された自分のベッドに横になり、失恋《しつれん》の歌を聞きながら、滝《たき》のように涙を流してた。

だけど、マグダは別。いつも陽気でおしゃべりだ。落ちこんだりするタイプじゃない。だいいち泣いたりしたらマスカラがにじんで大変なことになる。マグダはいつもばっちりメイクだ。もちろん学校でも。ホントはいけないんだけど。たとえ非常《ひじょう》ベルが鳴り、火の手が迫《せま》っても、まずメイクしてヘアスタイルをチェックする……。マグダはそういうタイプだ。

ところが今朝《けさ》はノーメイク。まっ赤なカールヘアも、ろくにとかしてないみたい。

わたしの頭からは、ラッセルも指輪も消え去った。

ナディーンも、新しい超《チョー》ステキな男《ヒト》をすっかり忘《わす》れた。

急いでマグダに駆《か》けよると、わたしはマグダをだきよせ、ナディーンが背中《せなか》をトントンとやさしくたたいた。

「マグダ、どうしたの？」

「話してよ」

「殺しちゃった！」マグダは、乱《みだ》れた髪《かみ》をわたしの肩《かた》に押《お》しあてて泣きくずれた。

ナディーンとわたしは顔を見合わせた。あいた口がふさがらない。

「だれを殺したって？」ナディーンがたずねた。

だれかを殺してやる、というのはナディーンだ。とくに家族を呪《のろ》ってる。なかでもいちばんのターゲットは妹のナターシャ。連続殺人モードのときは、おかあさんやおとうさんやおばあちゃんや、ひどいときはおばさんにまで呪いをかける。だけどマグダは、人殺しなんてしそうもない。

「かわいそうなファッジ！」マグダが泣きさけんだ。

ファッジ？　一瞬《いっしゅん》、マグダがハンマーを手に、チョコレート・ファッジの箱を攻撃《こうげき》するシーンを想像《そうぞう》してから――やっと思い出した。ハムスターだ。だったというほうが正確《せいかく》かもしれない。九年生になりたてのころ、マグダはグレッグという男《コ》とつき合った。グレッグは、マジでハムスターにハマってた。ハムスターにかぎらず、イエネズミ、ハツカネズミ、アレチネズミ……とにかく、小さくてピクピク動く、ヒゲのある動物ならなんでも大好きで、マグダによると、グレッグの部屋は「笛《ふえ》吹《ふ》き男《おとこ》」があらわれる前のハーメルン並《な》みにネズミだらけだったらしい。そしてマグダに、お気に入りのハムスターのハニーの赤ちゃんを一匹《ぴき》分けてくれた。それがファッジだ。初めの数日、マグダは小さくてふわふわの新しい友だちに夢中《むちゅう》だった。餌《えさ》のやり方やトイレのしつけや寝床《ねどこ》の話なんかを、ナディーンとわたしに語ってきかせた。

実際《じっさい》ファッジは寝《ね》てばかりだった。マグダは、そもそもハムスターが夜行性《やこうせい》だということを理解《りかい》しておらず、ファッジが元気に駆《か》けまわり、芸を覚えてスターになると思ってた。さすがにそれは無理だった。ファッジは「チンチン」や、「お手」や、「おヒゲ洗《あら》い」を教えられても反応《はんのう》せず、トイレットペーパーの芯《しん》で作ったトンネルのなかにまるまったまま、ちっとも外に出てこない。

マグダはあきるのも早く、スターの夢《ゆめ》をすんなりあきらめた。それきりファッジの話はせず、わたしはその存在《そんざい》すら忘《わす》れてた。

「バスでグレッグと隣《となり》になったんだ。アイツ、また気をひこうとして。ヨリをもどす？」

と、ちらっと考えた。たいしたとりえもないけど……」

「よーく知ってるわよ」ナディーンはブラックのアイラインをいれた目で、あきれたという表情《ひょうじょう》。ナディーンも「お化粧禁止《けしょうきんし》」の校則《こうそく》を無視《むし》してる。

「だって、今のとこ『男の子あまってます』というわけでもなし」マグダはハナをすすった。

「男の子のことなら、わたしの話を聞いて！」ナディーンが割《わ》りこもうとした。「エリーにも話してたんだけど、とってもステキな男《ヒト》に出会ったの。『会った』というか……」

ナディーンの話はマグダの泣き声にかきけされた。「『ファッジは元気？』ってきかれて、『あの子なんにもしないよ』って答えたら、グレッグに、あたしはファッジのことをなんにも理解してないっていわれた。ものすごくかわいそうなことをしちゃった。あの子をかまいもせず、なんのとりえもないつまんないカゴにほうっといて……。世の中には、まるでハムスター用遊園地みたいな二階や三階のある、すべり台やトンネルつきの豪華版《ごうかばん》のカゴとかもあるのに、ファッジはただの平凡《へいぼん》なカゴに、何か月もひとりぼっち。どんな気持ちだったと思う？　グレッグはファッジに友だちが必要だといいだして、小さくておとなしいオスをつれてきた。マッチョな相手で、ファッジがおびえるといけないから。もちろんまだバージンだし。気が合えば、いっしょに飼《か》って赤ちゃんが生まれるかもしれない、と思ったのに、恐《おそ》ろしいことが起きちゃった……。

初対面の二匹《ひき》を引き会わせる場所は、どっちのウチでもないほうがいいってことで、ファッジをカゴから出してあたしの部屋の床《ゆか》におろした。グレッグはポケットからオスを出した。そしたら……」

「そいつがファッジを見たとたんに襲《おそ》いかかったの？」ナディーンがマグダをせかした。

「そうじゃない。仲良くなった。二匹とも小さい鼻をピクピクさせて、ハムスターのキューピッドが、ふわふわの毛皮の下の二匹のハートに『愛の矢』を射《い》るところが見えるような雰囲気《ふんいき》だった。すごくかわいかった。グレッグとあたしはしゃがんで二匹を見てた。見守る両親って感じでね。イイ雰囲気がこっちにもうつって、思わずグレッグの手をにぎっちゃった。『ヤッター！』って、友だち感覚でね。そしたらキスしてきた。アイツ、ずいぶん研究したみたい。すごくソフトになってた。前は、ただくちびるを掃除機《そうじき》みたいにはりつけて、すごい勢《いきお》いで……」

三人は思わずふきだした。マグダも涙《なみだ》いっぱいの目で笑ってる。

「それでどうなったの？」と、ナディーンがたずねた。「夢中《むちゅう》で横になった拍子《ひょうし》に、ファッジとボーイフレンドをパンケーキみたいにのしちゃったとか？」

「どうしてコワイことばっかりいうの？　そんなわけないでしょ！　だけど、同じくらいヒドイことが起きた。グレッグとあたしはけっこう盛《も》りあがって……」

「まさか？」と、わたし。

「ウソでしょ？」ナディーンも向き直った。

「ちがうわよ！　ふたりとも、あたしがどうかしたとでも思ってんの？　いくらキスが上手だからって、グレッグはただのつまんないガキだよ。初めてのときは、サイコーに特別でなきゃヤだ。ロマンチックで、ステキで……あたしを本気で愛してくれる人でなきゃ」

わたしはマグダの言葉をかみしめた。

「ちゃんとした大人で……」マグダが続けた。

わたしはため息をついてうなずいた。

三人ともしばらくちがうことを考えた。そしてあらためて、二匹《ひき》の罪《つみ》のない小さい恋人《こいびと》たちを思った。ロマンスは長くは続かなかった。

「しばらくしてから、グレッグの腕《うで》を逃《に》げだして、ファッジの様子を見ようとした。そしたら、ファッジがいない。グレッグのオスのほうはいるのに。そいつときたら、エラそうに『ヤッタゼ!』といわんばかりで、帰って友だちに自慢《じまん》しようとでもいいたそうな雰囲《ふんい》気《き》だった。だけどファッジは見つからない。

グレッグとあたしは四つんばいになって、ファッジの名前を呼《よ》んで探《さが》しまわった。グレッグは、ベッドの下にもぐりこんで、ずっと前になくしたピンクのハーフパンツを見つけてもどってきた。恥《は》ずかしいなんてもんじゃなかったわよ。それにしてもファッジは影《かげ》も形もない。ふと、ドアのすきまがあいてるのに気づいて、ぞっとした。

グレッグは自分のハムスターをポケットに入れて、ファッジを探しまわった。廊下《ろうか》にそって、ママとパパの部屋や兄さんたちの部屋も全部。アイツらの部屋ときたら、サ、イ、コ、ー。ガラクタがひざまであるし、クサいし。ベッドの下からなにが出てきてもおかしくない。最後に、階段《かいだん》のてっぺんから下を見たら……」

「ヤダ！」わたしは思わずさけんだ。

マグダはすすり泣きを始めた。「そう。階段の下に、小さいふわふわのかたまりが見えた」

「ファッジは自分のことレミングだとカン違《ちが》いしたのかも。レミングって、たしか身投げするわよね？」

「黙《だま》って、ナディーン！」わたしはマグダをそっとゆすった。

「飛ぼうとしたわけじゃなくて、前を見てなかったんだと思う。きっと初めての、、、経験《けいけん》のあとで、すっかり混乱《こんらん》して。あのオスがまた求めてくるつもりなのか、その場かぎりなのかもわからずに、逃《に》げるように廊下《ろうか》を走って、気がついたときにはカーペットから飛びだしてた……。あとは、どんどん下へ落ちていくだけ。無理だとわかってても、なんとか生きていてくれますようにって祈《いの》ったけど、とりあげた瞬間《しゅんかん》ファッジの小さい頭がグラッとして――首の骨《ほね》が折れてた」

「あまり苦しまなかったのは、せめてもの救いだね」わたしがいった。

「そのあとファッジをどうしたの？」ナディーンが熱心にたずねる。

「やめてよ、ナディーン！」コワイ話が好きなのはいつものことだけど、ときどきやりすぎてしまうのが悪いくせだ。

「いちばんきれいな《ピエ・ア・テール》の靴箱《くつばこ》に寝《ね》かせてある。今日、庭に埋《う》めるつもりなんだ」マグダがおごそかに告げた。

「いいわね！　放課後三人でお葬式《そうしき》をしましょう」ナディーンがいいだした。全員黒を身に纏《まと》うの。わたしが鎮魂歌《レクイエム》を作るから、マグダはファッジをしのんで詩を朗読《ろうどく》して。靴箱を棺《かん》おけらしくしなくちゃ。エリーは墓石《はかいし》にのせる、小さい肖像画《ポートレイト》をお願い」

どうやらマグダも乗り気のようだ。

わたしもナディーンのあとに続いた。

「たしかお葬式のあとって、なにか食べるよね。どんなものかはさっぱりわからないけど。そうだ、黒い食べ物を用意しよう！　ダークチョコレートケーキ――あれって、ほ、と、ん、ど黒だよね——と、ブラックチェリーのチーズケーキ。そして、コーラをシャンパングラスに入れて、ファッジをしのんで捧《ささ》げよう」

そこまでいってから、わたしは先約を思い出した。「いけない！　ラッセルと会う約束だった」

「放課後すぐにお葬式《そうしき》をすればいいじゃない」ナディーンがいう。

「無理。学校までむかえに来る。そのあとラッセルの家に行く約束なの」

「ラッセルんちなんて、いつでも行けるじゃない。だけどお葬式は今日じゃなきゃ、体が腐《くさ》りはじめちゃうのよ」ナディーンがいうと、マグダがまたしくしく泣きはじめた。

「見なさい、マグダがかわいそうでしょ。友だちはカレシより大切じゃなかったの？　いつもはうるさくいうくせに」

「ラッセルは別だよ。わたしたち本気でつき合ってるもの」まっ赤な顔でいい返して、わたしは指輪に目をやった。

マグダもやっと気がついて、「ラッセルに指輪をもらったの？」としゃくりあげながらきいた。

「そう、ただしマンガ雑誌《ざっし》のフロク」ナディーンがすかさず意地悪をいう。「どんな指輪だってかまわないよ。大切なのは気持ちだから。この指輪は大きいダイヤより大切だよ」わたしはエラそうに宣言した。

そして、薬指の指輪を何度もまわした。緑色が見えないように気をつけながら。

ナディーンは、嫉妬《ジェラシー》でドロドロなんじゃないの？　ナディーンとリアムとの関係は長く続かなかったけど、ラッセルとわたしは愛し合ってる。そしてこれからも、ずっとずっといっしょだ。

4

Girls cry when they hate the way they look

女の子は自分のルックスが大きらいなとき涙が出ちゃう

ラッセルは校門の塀《へい》のところに腰《こし》かけていた。マグダとナディーンの三人で校庭に出た瞬間《しゅんかん》に見つけた。向こうが手をふるから、恥《は》ずかしいけどわたしもふり返す。大勢《おおぜい》の子が注目してる。みんなに見られてバカみたいと思う反面、自慢《じまん》したい気持ちもある。学校帰りにカレシと待ち合わせ。なんてイイ気分。ラッセルは、制服姿《せいふくすがた》もやっぱりステキ。

ふと、自分の制服姿を思って、ものすごく落ちこんだ。わたしだって努力はしてる……だけど、セーターは絵の具だらけでスカートはクシャクシャ、美術室《びじゅつしつ》まで近道したせいで靴《くつ》も泥《どろ》だらけだ。しかも今日にかぎって、ダサい三つ折りソックスをはいている。今朝《けさ》タイツが全部伝線してたから……。

九年生の同級生は全員、頭の先から足の先まで、ラッセルをチェックしてる。たぶん、みんなまあまあだと思ってるんじゃないかな？　マグダとナディーンをのぞいては。

「エリー、アイツに髪《かみ》をカットしろっていいな。あの長めの前髪は、去年のハヤリだよ」

マグダはきびしい。

「本当にあれで十一年？　ずっと年下に見えるわ。子どもとつき合うなんて、わたしは考えられない」ナディーンもいう。

ふたりして、ヒトをイジメて楽しんでる。本気じゃないとは思っても、頭にくることに変わりない。「わたしはあのヘアスタイル好きだから、切らないでほしいな。それに、十六より下には見えないよ。そういえばナディーンの新しいカレシは何歳《いくつ》なの？」

「新しいカレシって？」マグダがきいた。

ナディーンはもったいぶってジラそうとした。「へえ！　突然興味《とつぜんきょうみ》が出てきたのね？

年は、十九よ！」

「ナディーン、いいかげんにして！　リアムでこりたんじゃなかったの？」わたしはうなった。

「エリスは、リアムのようなろくでなしじゃないわ」

「エリス？」

「そう。エリス・トラバーズ。名前もステキでしょ」

「そんな超《チョー》カッコいい十九歳《さい》のエリスが、どうして九年生の中学生なんかとつき合うの？答えは見え見えでしょ」

「エリーは好きなように思ってればいいわ。わたし、気にしないから」

問題は、ナディーンが気にしなくても、わたしは気にするということだ。ラッセルは顔をしかめて、さっきよりも大きく手をふっている。きっと、なんでさっさと来ないんだと思ってる。だけど、まずナディーンのことをはっきりさせなきゃ。まったく頭に来る。なんでこんなに心配かけるの？

「マジで十九なの？」マグダもイラついてる。マグダは三人のなかでいちばんカワイイ。男の子が山のようにいいよってくるのもマグダのはずだ。ところが今は、グレッグと中途《ちゅうと》半端《はんぱ》につき合ってるくらいで、特別な男《ヒト》はいない。その点、わたしは決まったカレシがいるし、ナディーンにも新しい十九歳の男《ヒト》が……。

「十九って、たかが五つ年上でしょ。騒《さわ》ぐほどのことじゃないわよ」ナディーンは軽くあしらった。

そう、ナディーンとマグダはもう十四。わたしだけ十三歳。自分がひどく子どもじみて思える。制服姿《せいふくすがた》だと、十二歳にさえ見えないかもしれない。

「エリー！」

ラッセルがどなってる。まずい、もう限界《げんかい》だ。ナディーンはこのままマグダんちに行って、ファッジのお葬式《そうしき》をする。エリスの話だって絶対《ぜったい》するに決まってる。わたしひとりの、け者だなんて、ガマンできない。

思わず立ちすくんでしまう。ラッセルはこっちをにらみつけると、腰《こし》かけていた塀《へい》から飛びおり、今にも歩きだしそうな勢《いきお》いだ。急いで追いかけなきゃ。あわててマグダにキスすると、「お葬式に行けなくて本当にゴメンね」とあやまった。ついでにナディーンにもキスして、「わたしたちふたりは幼稚園《ようちえん》のころからの親友で、マーブルチョコの赤を手首にぬって血の儀式《ぎしき》をし、姉妹《きょうだい》の誓《ちか》いをかわした仲なんだから、エリスの話をするときは必ず仲間に入れてよ」と念《ねん》を押《お》した。

エリス……！　わたしには、ラッセルでさえじゅうぶん「ちがう世界の人」だ。今日は初めてラッセルのおとうさんに会うから、緊張《きんちょう》する。ラッセルの家があるのは、同じ町でも反対側の、いわゆる高級住宅街《こうきゅうじゅうたくがい》だ。値段《ねだん》の見当もつかない、お屋敷《やしき》が並《なら》んでいる。ラッセルとおとうさんと、おとうさんのカノジョのシンシアが住んでいるのは庭つきの集合住宅——それでも、やっぱりあこがれてしまう。

ラッセルは、呼《よ》んでもふり向いてくれない。わたしは学校指定のぶかっこうな靴《くつ》で必死に走る。

「ちょっとラッセル、待ってよ！　どうしたの？」半分腕《うで》にぶらさがると、ようやく足を止めてくれた。

「やあ、エリー！　やっと、ぼくが見えるようになったみたいだね」いきなりすごいイヤミだ。

「なんのこと？　どうしてヒトをおいてくの？　今日はラッセルのウチに行く約束でしょ？」

「そう思ってたけど……友だちといるほうがよさそうだからさ。三十分もペチャクチャしゃべってたじゃないか」

「三十分？　バカなこといわないで。三十秒のまちがいでしょ！」

「ムダ口なら、学校で、好きなだけたたけるだろ」

「ムダ口ってなによ？　ヒトの友だちの悪口いう気？」

「なんで、あんなのと友だちなのさ？　ナディーンは洞窟《どうくつ》にぶらさがってるコウモリみたいだし、マグダなんて……」

「マグダが、なに？」声が思わずキツくなる。

「わざとらしいよ。メイクも派手《ハデ》だし、あの……」ラッセルはジェスチャーでムネを作ってみせた。

「マグダは今日、ノーメイクです！　それに、プロポーションがいいのをどうしろっていうのよ？　バカじゃないの？　なれるもんなら、わたしだってマグダみたいになりたいよ」

「イヤ、マグダじゃなくてよかった。そのままのエリーがいい」ラッセルはそういうと、やっと向き直ってくれた。そして、「指輪、してくれてるんだね」とやさしくいった。

「もちろんよ。これからもずっと」
マ、マ、マ、マンガのフロクのことはいいだせそうもない。どっちみち、気にしないけど。たとえ銀紙だろうとかまわない。大事なのは、それが大好きなラッセルからだということ。ラッセルの機嫌《きげん》が直ってよかった。ラッセルはわたしの肩《かた》に腕《うで》をまわすと頰《ほほ》にすばやくキスをした。バカな七年生がニヤニヤして、ヒューヒュー冷やかしながら追いこしていく。無視《むし》してるつもりなのに、顔が赤くなる。
「きれいな肌《はだ》だね。頰がバラ色だ」

そんなふうにいわれると、世界がバラ色になる。ラッセルは、わたしの顔がみっともないほど赤くなるのも気にせず、好きだといってくれる。それに肌《はだ》なんてちっともきれいじゃない。ニキビだらけだし、鼻は美しくテカって鏡にできそうだ（とはいえ、ラッセルと会う前は、ロッカー室でパウダーをはたき、なんとかブラッシングをして、デオドラントもぬり直し、歯までみがいた）。

わたしたちは仲良くピッタリとよりそって歩いた。ラッセルの腕《うで》はわたしの肩《かた》に。

「エリーはずいぶん小さいね」ラッセルがぎゅっとだきよせる。

「小さい……」なんていい響《ひび》き。ずんぐりむっくりの小人から、かわいく可憐《かれん》な妖精《ようせい》になった気分。こんなステキな人がカレシだなんて、夢《ゆめ》のよう。つき合ってから何週間もたつけど、いまだに信じられない。そっと薬指の指輪にふれてみる。このままずっと、何か月も何年もつき合うとしたら、いつか指輪が本物に変わる日が来るのかも……。

こんな気持ちになるのは生まれて初めてだ。つき合うのは、厳密《げんみつ》にいえば、初めてじゃない。とはいってもラッセルは、あのドジでマヌケなダンとはくらべものにならない。ダンとは、つき合うというよりは、むしろ気の合う友だちというほうが近かった。そりゃ、キスくらいした。だけどそれだけ。いっしょに笑いもした。でもラッセルといるときの、このめくるめく、天にものぼるように幸せな気分とはぜんぜんちがう。歩きながら自然に微笑《ほほえ》んでしまう。頭のなかは、ラッセルの名前でいっぱいだ。

ラッセルは心を分かち合う真の友。自分の半身といってもいい。この人に出会って初めて、自分が今までさびしかったことに気がついた。おかあさんが天国に行ってしまってから、心のどこかにずっとからっぽの部分があった。もちろん、いつもおとうさんがいてくれたし、おとうさんのことは大好きだ。アンナも好き。エッグのこともいちおう好きだ。それでも、なにかが足りなかった。ナディーンとマグダという友だちもいる。ふたりとはこれからも、ずっと親友だ……。だけどやっぱり、カレシとはちがう。三人ですごす、女の子だけの時間はサイコーに楽しい。だからといって、ナディーンと腕《うで》を組んでもドキドキしないし、マグダの声で脈が速くなることもない。友情《ゆうじょう》と愛情とではぜんぜんちがう。わたしがマグダやナディーンといる時間が長くて、ラッセルがウンザリするのももっともだ。だからって、ラッセルをいちばんに想う気持ちはわかるはず。そう、わたしにはラッセルがすべてだ。

わたしがさっきよりもっとピッタリくっつくと、ラッセルも頭のてっぺんにキスしてくれた。

「エリー、さっきは意地悪してゴメン」

「こっちこそ、待たせてゴメン」

「さあ、急ごう。親父《おやじ》とシンシアはまだ仕事中だから、あと一時間はウチにぼくたちだけだよ」ラッセルはわたしをぎゅっとだきしめた。
心臓《しんぞう》がドキドキいってる。だんだん速く……。

5

Girls cry when
people copy their ideas

女の子はアイディアをマネされたとき涙が出ちゃう

ラッセルの家はウツクシイ！　ウチなんかすっぽり入ってしまいそうな大きさで、おまけに隅《すみ》から隅まで手入れが行《ゆ》き届《とど》いている。大きなクリーム色のソファにはシミひとつなく、棚《たな》のボヘミアングラスは、幾何学模様《きかがくもよう》に整列してる。ローテーブルの雑誌《ざっし》の並《なら》べ方《かた》までカンペキだ。ラッセルのおとうさんとシンシアのあいだに子どもでも生まれたら、どうするつもりだろう。この家にエッグをつれてきて十分もたてばどうなるか……。

「きれいなお部屋……」わたしは、淡《あわ》いカーペットをよごさないよう、きたないバックパックを慎重《しんちょう》におろした。

「退屈《たいくつ》なだけさ。家具屋のショールームみたいだろ。こんなの家とはいえないよ」

一瞬《いっしゅん》ラッセルが、二歳《さい》年上の恋人《こいびと》から、ひとりぼっちの小さな男の子にもどった。うつむいて、前髪《まえがみ》で目がかくれてる。なぐさめるつもりで、肩《かた》をだいた。おとうさんのカノジョとうまくいかないツラさはわかるよ、という意味だったのに、ラッセルはカン違《ちが》いして腕《うで》を腰《こし》にまわすと、わたしをぎゅっと引きよせた。

そしてキス。髪をなぜ、耳にふれ、耳たぶをやさしくかむ。首すじのキスがおりてきて、首のつけ根の感じやすいところに来る。そして注意深く制服《せいふく》のブラウスのボタンをはずしはじめる……。

「イヤ！　やめて、ラッセル。お願い」

それはステキな感覚だった。だけど、やっぱりコワイ。これ以上はまだイヤだ。それに、万一おとうさんたちが早くもどって、このステキなソファで盛《も》りあがってるところでも見つかったらと思うと気が気じゃない。

「ぼくの部屋に行こう」ラッセルが耳元でささやいた。

「そうじゃないの。イヤだっていってるでしょ！」

「ウソだね」

「そんな……たしかに本心じゃないかもしれない。それでも、その気がないのは本当だよ」

「だけどぼくたち、本気じゃないか」ラッセルは指輪にキスをした。

「本気でも、よ」身をよじってなんとか逃《に》げだすと、制服《せいふく》を直して、乱《みだ》れた髪《かみ》を整えた。体がほてって震《ふる》えてる。こんなにラッセルのことが好きなのに、心にもないことをいって……。

結局、ラッセルの部屋へは行くことにした。見たいから、というのが口実だ。すごくステキ……。フツーの男の子のむさくるしい部屋とは大違《おおちが》い。よごれた靴下《くつした》や、くだらない雑誌《ざっし》や、スナック菓子《がし》のかけらとは無縁《むえん》の、超《チョー》オシャレで大人の雰囲気《ふんいき》だ。クリーム色のブラインド、ダークブラウンのカーペット、壁《かべ》にはソウル歌手のポスターが……。さりげなくギターもおいてある。デザイン用の本格的《ほんかくてき》スロープデスクと、白いハイスツールの頭上にはスポットライトが完備《かんび》し、デスクのまわりには絵の具やパステルや色鉛筆《いろえんぴつ》のコレクションが並《なら》んでいる。スケッチブック、画用紙の束、そして描《か》きかけの作品はエリー・エレファント。わたしがノートに落書きしまくり、サインの横にも必ずそえる、ゾウのイラストだ……。

「エリー・エレファント!」

「ゾウにはちがいないけど……」

いちばん上の紙にクリップでとめてある、ピンクの冊子《さっし》が目についた。のぞこうとすると、ラッセルが髪を持ちあげ、首にキスしてじゃまをする。それは子ども向け美術《びじゅつ》コンクールのパンフレットだ。ティーンの部門もあって、イラストのオリジナルキャラクターを募集《ぼしゅう》している。入賞作品はアニメ化し、テレビ放映《ほうえい》の可能性《かのうせい》もある。審査員《しんさいん》にニコラ・シャープの名前があった。わたしの大好きな絵本作家だ。ちなみにお気に入りは「楽しいファンキー・フェアリー」のシリーズ。

「これすごいね！　なんで教えてくれなかったの？　応募《おうぼ》してみたいな」

「もう遅《おそ》いよ。締《し》め切《き》りがすぎてる。ぼくはもう送ったけど」

「どんなキャラクター？」

「見てのとおり……」ラッセルはゾウのイラストを指さした。

「それ、わたしの！」

「それはないよ。エリー・エレファントはもっと耳が大きいだろう。鼻のシワもちがうし、表情《ひょうじょう》もぜんぜん別だよ」

「そう？　足を横にキックして、鼻を高くあげるのは、エリー・エレファントがうれしいときのポーズだよ」わたしは画用紙を指さした。

「どのゾウも、うれしいときにはこんなポーズをするさ」ラッセルはわたしの鼻をやさしくはじいた。「怒《おこ》ることないだろう。ゾウのイラスト全部にトレードマークはつけられないよ」

ラッセルはキスを続けた。でもさっきほど盛《も》りあがれない。ラッセルがエリー・エレファントを盗《ぬす》んだ。わたしのオリジナルなのに。大好きなぬいぐるみをとられたような気分だ。自分でもバカバカしいとは思いながらも、涙《なみだ》が出そう。コンクールのことを教えてくれなかったのも、絶対《ぜったい》ズルい。いっしょに応募したってよかったのに。でも今となってはおことわりだ。なにがなんでも、ひとりで応募してみせる。意地でもラッセルには相談しない。ひと言だっていうものか。

ラッセルがダークブラウンのベッドに誘《さそ》おうとするけど、さっきのいいムードはとっくに消えてしまった。今度はラッセルがイライラする番だ。それでも、わたしが本棚《ほんだな》を隅《すみ》から隅まで感心してながめると、悪い気はしないみたい。美術《びじゅつ》関係の本がたくさん、かなり読みこんであるハリー・ポッターやフィリップ・プルマン、ディスクワールドの全シリーズ、「指輪物語《ロード・オブ・ザ・リング》」、スティーブン・キングとアービン・ウェルシュとウィル・セルフ。そして、ボロボロになった「機関車トーマス」の絵本。今度は押《お》し入《い》れをのぞき、年季の入ったテディベアや、セーターにかくれたオモチャの兵隊セットを見つけだした。

シンシアが仕事から帰ったとき、わたしたちはオモチャの兵隊をカーペットいっぱいに広げて、複雑《ふくざつ》な戦いごっこのまっ最中だった。赤い髪《かみ》のシンシアは、クリーム色のスーツにゴールドのアクセサリーをジャラジャラさせてすごくオシャレ。若《わか》くはないけどじゅうぶん魅力的《みりょくてき》だ。シンシアは、おいしいコーヒーとアメリカンスタイルの特製《とくせい》ブラウニーを手ぎわよく用意してくれた。テーブルについてからも、会話がとぎれないようにアレコレ気をつかってくれる。わたしはなるべく愛想よくしようとつとめたけど、ラッセルはろくに返事もしない。

アンナがいっしょに住むようになったころは、わたしもこうだった？　もっとひどかったかもしれない。きっとアンナにとっては、地獄《じごく》の日々だったにちがいない。しかもまだ学生だったのに……。これからはもっとアンナを手伝おう。アンナがニットウェア・デザインをあんなにがんばってるのに、おとうさんときたら、どうしようもない古典的男性《こてんてきだんせい》そのもので、モンクをいったり、うなったり、ふてくされたり大暴《おおあば》れ。エッグよりさらに始末が悪い。

わたしはシンシアとおしゃべりしながら夕食のしたくを手伝った。ラッセルにはそれが気に入らないらしい。コンピュータのグラフィック機能《きのう》を見せるからとしつこく呼《よ》びに来る。教えたがるのはいつものことだ。なんでも知ってるのに、ヒトのエリー・エレファントを盗《ぬす》むなんておかしいじゃない。

いけない、そんなふうにいったらおしまいだ。コンクールなんて、たいしたことじゃない。大切なのは、ラッセルが大好きだということ。そしてラッセルも、わたしを想ってくれる。三度目に呼《よ》ばれて、あきらめてそっちに行くことにした。

「ゴメンなさい、そろそろ行かないと……」目配せすると、シンシアも顔をしかめた。

「まったく！　男の人って、女は指を鳴らせばバカみたいにいうとおりにすると思ってるんだから」

そうはいっていながら、ラッセルのおとうさんが帰ると、シンシアとの力関係はあきらかだ。シンシアは、あくまでカワイくやさしく、あなたのためならなんでもいたします、というポーズをとっている。そのくせ、ワインを決めるのもシンシア、テレビのチャンネルを選ぶのもシンシアで、結局ラッセルのおとうさんはシンシアにかわっていそいそと夕食の用意を始めた。

これってすごい。ラッセルもおとうさんのようになる？　それにしても父と息子《むすこ》はよく似《に》てる。ブライアン――ラッセルのおとうさん――は、ラッセルと同じ長めの金髪《きんぱつ》で、同じ強いまなざしを持ち、姿勢《しせい》や歩き方までそっくりだ。ただし、ブライアンのほうがシワが多くて二重あご。体重ももっとありそうだ。

ブライアンはキッチンにわたしを呼んでいろいろたずね、笑ったり、ジョークをいったり……。ただしテンションが高すぎてちょっと疲《つか》れる。ラッセルもおもしろくないらしく、わたしを呼びに来た。食事のしたくはずいぶんゆっくりだった。でも、運ばれてきた料理のできばえはすばらしかった。イチジクと生ハムのオードブルで始まり、メインはシーフード山盛《やまも》りの豪華《ごうか》なパスタ、デザートはクリーム・ブリュレだ。ウチのおとうさんも料理はするけど、どんなに凝《こ》ってもミートソース・スパゲティがせいぜいだ。こんなオシャレなメニューなんか作れやしない。

わたしの分もワイングラスが！　大きいのじゃないけど、お子さまあつかいされてないのは気分がいい。食卓《しょくたく》はすっかり大人のムードだ。ウチとは似《に》ても似つかない。なにもかもエッグのせいだ。あの子ときたら、口に食べ物を入れたままさけんだり、オレンジジュースをズルズル音をたてて飲むばかりか、ナイフとフォークをふりまわし、そこらじゅうこぼすから、お話にならない。食事中にマトモな会話なんて不可能《ふかのう》だ。ところがブライアンとラッセルときたら、長々と政治《せいじ》の話なんかしてる。どうしよう。なにかいわなきゃと思うけど、正直いって、政治なんか、まるでわからない。環境《かんきょう》問題やクジラの保護《ほご》には賛《さん》成《せい》だし、もちろん世界平和を望んでる。人種や宗教《しゅうきょう》や性別《せいべつ》に関係なく、人権《じんけん》を尊重《そんちょう》したいとも思う。一方で、そんな考えは、アンナの作るセーターみたいにふわふわしてるっていう自覚はある。

シンシアは男女同権や、男女の役割《やくわり》の変化について語り、わたしに「卒業してからの予定は?」とたずねた。ラッセルと同じで、美術《びじゅつ》学校に行きたいと答えたのが、大きなまちがいだった。ブライアンは勢《いきお》いこんで、「そんなの完全に時間のムダだ」とまくしたてた。

「三年も四年も絵の具をぬりたくって、将来《しょうらい》なんの役に立つ? せいぜい美術を教えるのがいいところだ」

「エリーのおとうさんは美術学校で教えてるんだ」ラッセルがにらみつけると、ブライアンはきまり悪そうにした。

「エリー、すまない。あんないい方して……」

「かまいません。父も同じことをいいますから」

「おかあさんは、なにをなさってるのかな?」

言葉につまった。「実の母は、ずいぶん前に亡《な》くなりました。母は美術《びじゅつ》学校で父と出会ったそうです。義理《ぎり》の母のアンナも同じく美術学校で父と出会い、子ども向けのセーターをデザインしています。雑誌専属《ざっしせんぞく》で始めて、今ではウールのオモチャや、大人向けのものにも手を広げてるみたいです」

「作品はどんなところに持っていくのかな？　手づくりショップとか？」ブライアンがたずねた。

「いいえ、子ども向けの高級ショップ専門《せんもん》です。たしか、先週の〈ガーディアン〉に記事が出てたと思います。〈ハーパー〉の子どもファッションのページにもセーターが特集されました」わたしは手づくりショップという言葉に反撃《はんげき》した。

シンシアは大騒《おおさわ》ぎで先月号の〈ハーパー〉を出してくると、アンナのセーターの写真を探《さが》し出した。ベビー・バニーがせいぞろいでひなたぼっこして、ソフトクリームをなめるみたいにニンジンを食べている。

「ステキ！　なんてカワイイの！　大人向けも作ってらっしゃるんでしょ？　わたしもお休みの日用にぜひほしいわ」

新聞や高級雑誌がアンナの作品をとりあげているのには、ブライアンでさえ感心した。実際《じっさい》たいしたことだ。アンナはおどろくほどのスピードで成功した。おとうさんももっと喜んであげればいいのに、なぜか落ち着かないように見える。おとうさんは長年美術のプロとしてやってきて、かつてはアンナを教える立場だった。ところが今やアンナは新進デザイナーとなり、一方のおとうさんはあいかわらず教えている……。だからこのごろ不機《ふき》嫌《げん》なの？　それって、ひょっとして、ただの嫉妬《ジェラシー》？

6

Girls cry when things go wrong at home

女の子は ウチの中がメチャクチャなとき 涙が出ちゃう

ブライアンに送られてウチに帰ったのは、ずいぶん遅《おそ》かった。明日も学校があるのにと、おとうさんに怒《おこ》られそう。深呼吸《しんこきゅう》して家に入る。今にもおとうさんが足音も荒《あら》く玄関《げんかん》にあらわれて、どなりだすかと思ってたのに、なにごとも起こらない。リビングにはアンナがひとり座《すわ》っていた。スケッチもしていなければ、クロスステッチも数えていなければ、サンプルを編《あ》んでもいない。本を読んでいるのでも、音楽を聴《き》いているのでもない。テレビもついてない。ただ、ボーッと座っている。

「アンナ?」

アンナはまるでわたしが見えないみたいにまばたきをした。「エリー、お帰りなさい」

消え入りそうな声。

「アンナ、どうしたの？　なにかあったの？」

「なんにも。だいじょうぶよ。ラッセルのお宅《たく》は楽しかった？」

いつもだったら、ラッセルとラッセルとラッセルとラッセルの義理《ぎり》のおかあさんのことや、ラッセルとラッセルのおとうさんのことや、ラッセルのことをもっともっと、猛烈《もうれつ》な勢《いきお》いで話しはじめるところだ。もし、くちびるにのぼる言葉を数えるカウンターがあれば、わたしの場合ダントツ一位はもちろん「ラッセル」だ。でも、今はアンナのことが気にかかる。

「ラッセルのことはいいから」わたしはきっぱりいい切った。「なにがあったの？　おとうさんはどうしたの？」

「わからないの」アンナはわっと泣きだした。

わたしはアンナの隣《となり》に腰《こし》かけて肩《かた》をだいた。アンナはわたしにもたれかかって、身を震《ふる》わせて泣いている。いつもは冷静で落ち着いてるアンナが、こんなに感情的《かんじょうてき》になるなんて、きっとよっぽどのことだ。なぐさめようとしても、心臓《しんぞう》が不安でドキドキいって、ありとあらゆる悪い可能性《かのうせい》がまっ黒いコウモリみたいに頭のなかでグルグルまわる。

「おとうさんがもどらないの。オフィスに電話してもいないし、携帯《けいたい》もつながらない」アンナがなげいた。

「事故《じこ》にでもあったとか?」小声でいうと、昏睡状態《こんすいじょうたい》のおとうさんを、大勢《おおぜい》のお医者さんや看護婦《かんごふ》さんが必死で治療《ちりょう》するシーンが頭に浮《う》かぶ。

「ちがうと思うわ。それなら、だれかがお財布《さいふ》や手帳を見て、ウチに連絡《れんらく》してくるはずよ」

「だったら、どこに消えたの?」今までにも、帰りが遅《おそ》いことはあった。ときどき思いついたように、学生をつれて飲みに行きもする。一、二杯《はい》ひっかけるつもりが、三杯、四杯になることも。だけどもう、パブもとっくにしまってる。十一時半すぎだ。いったいどこでなにしてるの？

別のシーンが頭に浮かぶ。おとうさんはやはりベッドに寝《ね》てる。ただし隣には、若《わか》くてきれいな女学生がいる……。

頭をふって想像《そうぞう》をふりはらおうとする。アンナも口元を押《お》さえ、必死で泣き声をこらえてる。ツラそうな目。きっと同じ想像をしてるんだ。

「学生がなにか問題を起こしたとか？　私生活のことで……」必死に思いつくことをしゃべった。

そう。学生のだれかと、私生活でおつき合いしてる……。アンナの頬《ほほ》に涙《なみだ》がこぼれた。

そっとティッシュでふいてあげる。

「お願いだから泣かないで。アンナが泣くとわたしまで悲しくなっちゃうよ」

「だけどツラすぎる……」アンナは自分で自分をだきしめた。まるで激痛《げきつう》に耐《た》えるように、体が激《はげ》しくゆれている。「どうしてこんな目にあわせるの？　わたしの気持ちを知ってるなら、どんなに傷《きず》つくかもわかるはずなのに。なぜここまで苦しめるの？」

「そんな……」わたしは、アンナのセーターのそでを引っぱった。これもアンナの作品だ。アンナは黒い毛糸をじっと見つめ、フリンジを指でさわった。

「わたしもいけなかったの。このところ、ずっとイライラして……。大事なバターがなければ、おとうさんが頭にくるのも当然よ。自分でも頭にくるわ！　だからって、ひと晩《ばん》じゅう家を空《あ》ける？」

「ひと晩だなんて。きっと、もうすぐ帰ってくるよ。それにバターは関係ない。アンナのイライラもね。理由はアンナの仕事だよ。そうは思わない？　おとうさんは、もうガマンできないんだ」

「だって、喜んでくれたわ。家にいるだけの生活がたまらないのもわかってくれた。とくにエッグが学校に入ってからはね。がんばれよっていってくれたのよ」

「ここまで本格的《ほんかくてき》になるとは思わなかったんじゃないの？　ちょっとお金が入る新しい趣味《しゅみ》程度《ていど》に考えてた。それが、いきなり人気で、大成功……」

「そうなの。自分でもどうしていいかわからないくらい。せっかくのチャンスだから、もっといろいろ引き受けたい。手伝ってくれるスタッフもほしいし、時間に余裕《よゆう》がないときは、エッグもだれかにみてほしい。おとうさんに学校のおむかえをたのんでみたの。夕方は授業《じゅぎょう》がない日も多いから。そしたら、『ヒトをなんだと思ってる、教職者《きょうしょくしゃ》が子守りなんかできるか』ってものすごく怒《おこ》った……」

「でしょ！　原因《げんいん》はそれだよ」

「今どき、男の人も子育てくらい手伝うわ」

「おとうさんくらいの年だと無理！　あれでも前よりはマシになったと思うけど。わたしなんて、寝《ね》かせてもらった覚えもない。トイレや食事の世話なんて想像《そうぞう》を絶《ぜっ》するよ。なにからなにまでおかあさんがやってくれた」

「エリーのおかあさんはできた方《かた》だったのね。おとうさんが本当に想ってる女《ひと》は、今でもあなたのおかあさんよ。わたしがどんなにがんばってもそれは変えられない。だいいち、かわりになりたいなんて思ってないわ。でもね、おとうさんにとっても、あなたにとっても、自分が一番になれないってことを認《みと》めるのは、すごくツラいのよ……」

「そんな……。たしかにおかあさんのことは特別だけど、おとうさんはアンナだって同じくらい好きに決まってる。それに、アンナ命《イノチ》のエッグを忘《わす》れてない？　だれが見たってアンナが一番だよ」

「それがもうダメなの。今朝《けさ》、あんなふうにどなったでしょ。学校のあと、仲直りしようとしたけど、エッグったら、わたしがいつまたキレるかとビクビクしてるのよ。そのうちに、バニー・シリーズを編《あ》んでもらう、三人の女《ひと》が打ち合わせに来たの。おとうさんにエッグをみてもらおうと思ってたのに、いつになってももどらない。だんだん心配になってきた。おまけに三人の奥《オク》サマ方《がた》のうち、ひとりは、ろくに編めないの。あれじゃ使いものにならないわ。おまけにもうひとりは、じき出産予定だから、結局役に立たないかもしれない。しかもエッグが悪乗りして、打ち合わせのあいだじゅう、じゃまばかりする。あんまりひどいから、ついまたどなってしまったの。そしたら、逃《に》げだしてどこかにかくれちゃった。さんざん探《さが》して、ベッドの下にいるのをやっと見つけたわ。すっかりほこりだらけになって――そりゃ、そうじしてないもの――マトモに家のことをする時間がぜんぜんない……。『意地悪ママはきらいだ、前のママがよかった』って、大泣きされちゃった」

「うわ、サイアク！」思わず笑っちゃった。

アンナも弱々しく微笑《ほほえ》んだ。涙《なみだ》が頬《ほほ》を伝ってる。「わたしは笑えないわ。もしかしたら、ニットデザインは、もうやめたほうがいいのかも。それですべてがまるくおさまると思うの。エッグがかわいそう。おとうさんやエリーにも迷惑《めいわく》かけてるし」

「バカなこといわないで！」わたしはアンナの肩《かた》をゆさぶった。「アンナったら、しっかりして！　どうかしてるよ。せっかく認《みと》められて、ウマくいってるのに！　こんなときにやめられるわけないでしょ」

「正直にいうと、もうやめられないかもしれないと思ってる。いつも疲《つか》れてるし、アレをやって、コレを仕上げてとあせってばかりいるけど、いざ作品が仕上がると、とくにイメージどおりにできあがったときは、もうサイコーよ」

「ほらね！　おとうさんなんかのせいで、やめたりしないで」

「でも、おとうさんのことはもっと大事なの。エリーもわたしも、今あの人がなにをしているのかわかってる……。あんまりだわ」アンナはまた泣きだした。

「とりあえず寝《ね》たほうがいいよ」わたしはアンナの手をとって立たせると、ドアのほうにつれていった。

「無理だわ。ひとりぼっちで横になって、天井《てんじょう》でも見つめてろっていうの？」アンナはなげきながら階段《かいだん》をのぼった。「おとうさんが帰ってきたら、寝たふりでもする？　本当はこれが初めてじゃない。ただこれまではモメないように、気づかないふりをしてた。だけどもう無理。ツラすぎて、これ以上、ガマンできない」

そのとき、エッグが寝ぼけて泣き声をあげた。アンナを呼《よ》んでいる。

「どうしたっていうのかしら？」アンナは半分うめきながらも、うなだれていた頭をあげ、涙をふいてエッグのもとに行った。「おチビさん、どうしたの？」アンナはやさしくささやいた。「お風邪《かぜ》で鼻が苦しいの？　今ママが、かんであげますからね」

エッグは鼻をグスグスいわせて、意地悪なオジサンが来たと、ベソをかいてる。アンナはヨシヨシして、そんな人どこにもいないよ、ただの夢《ゆめ》だからだいじょうぶ、といって聞かせた。ホントいうと、わたしもさっきから気分が悪くて震《ふる》えが止まらない。エッグぐらい幼《おさな》いと、すぐに安心できるからうらやましい。

現実《げんじつ》に起きていることがわかってしまうのはなんともツラい。だいじょうぶ、アンナとおとうさんはとっても仲良しで、意地悪する人なんかだれもいないよって、だれかにいってほしい。なにもかも、悪い夢ならいいのに。目が覚めると、いつもどおり明るいおとうさんがいる。アンナの体に腕《うで》をまわし、笑ったり、おしゃべりしたり、口笛をふいたりして……。

ずいぶん時間がたってから、おとうさんが忍《しの》び足《あし》で階段《かいだん》をのぼるのが聞こえた。思わず耳をすます。アンナとおとうさんが小声で話しはじめた。胃袋《いぶくろ》がキリキリする。なにも聞きたくない。わたしは頭からシーツをかぶると、体を小さくまるめた。

こんなとき、おかあさんがいてくれたら。いっしょにベッドに入って、わたしをだっこしながら、マートル・マウスのお話をしてくれるのに……。いつのまにか頭のなかのマートルがひとりでに動きはじめた。最初はとても幸せそう。ブルーのヒゲがピクピク動き、シッポもピンと立っている。マートルはママ・マウス、パパ・マウスといっしょに、ドールハウスに住んでいた。ところがある日パパ・マウスが帰らない。ママ・マウスは、生まれたばかりの大勢《おおぜい》のベビー・マウスの世話が大変で、マートルにかまってはいられない。マートルは水玉模様《もよう》のパジャマと、ヒゲブラシとヤマネのぬいぐるみをバッグにつめ、特大チーズサンドをこしらえて、大きく広い世界へと旅立った……。

マートルは夢にもあらわれた。翌朝《よくあさ》とても早く目が覚めた。ベッドに座《すわ》って耳をすます。

家じゅうシーンと静まりかえっている。アンナの泣き声も、おとうさんのどなり声も聞こえない。エッグもぐっすり寝《ね》てるみたいだ。わたしは何度も指輪をまわした。これでもう、おしまい？　それとも、これからなにかが始まるの？

7

Girls cry when
their friends have secrets

女の子は仲間ハズレにされたとき涙が出ちゃう

宿題はまだなんにもできてない。だけどこの際《さい》しかたない。わたしはスケッチブックをとりだすと、一時間くらいマートルを描《か》いてすごした。いろいろ着《き》せ替《か》えてみたけど、デイジーの刺繡《ししゅう》のオーバーオールを着て、片耳《かたみみ》におそろいのデイジーのピアスをしたのがいちばんカワイイ。靴《くつ》もいろいろはかせてみた。ダンスシューズに、ごっついブーツに、女の子っぽいサンダル……。外出用の小さいナップザックも背中《せなか》にしょわせた。

それから、いろんな冒険《ぼうけん》を考えた。小さいマートルには、たいへんな試練の連続だ。ネズミサイズのメロドラマ。ネコのストーカーにおびえ、イヌに追いかけられ、不良ネズミの一団《いちだん》に襲《おそ》われ……。キッチンで豪華《ごうか》なごちそうにありついたかと思えば、もうちょっとでネズミ捕《と》りにつかまりかけて、命からがら逃《に》げだすことに。そして、ファッジによく似《に》たやさしいハムスターに傷《きず》ついた前足を手当てしてもらう。シッポに二十も指輪をつけたモノトーンのオシャレなネズミと、夜の散歩に出かけ、ネズミの森で泥《どろ》んこライブを観《み》て……。

マートルを描いているあいだは、おとうさんとアンナのことはほとんど考えずにすんだ。

アンナが起きだした。バスルームで、エッグに「早く顔を洗《あら》って着がえなさい」といっている……。声だけでは様子がわからない。

もしかしたら、なにもかもウマくいったのかもしれない。おとうさんが真夜中まで帰らなかったのには、きっとまっとうな理由があったんだ。アンナともきちんと話をして、すっかり仲直りしたのかも。朝ごはんでは、むかしのようにふたりでじゃれ合ってたりして……。

以前のわたしは、おとうさんがアンナの腰《こし》に腕《うで》をまわし、アンナがピッタリよりそうポーズを見るのがとてもイヤだったけど、今それを見るためなら、なんだってする。でもキッチンにおりていくと、期待はすべて消え去った。アンナはエッグを赤ちゃんのようにひざに乗せて話しかけ、コーンフレークを食べさせている。そしておとうさんはひとり流しの横で、コーヒーを飲んでいる。だれも見ない。だれとも話さない。まるで家族じゃないみたい。

アンナの目はまっ赤で、顔は青ざめている。突然《とつぜん》、おとうさんに対して、ものすごく腹《はら》が立った。なぜこんなひどいことをするの？　アンナに、そして家族全員に……。

「おとうさん、話があるんだけど」わたしはおとうさんに近づいた。

「なんだ？　悪いけど急いでるから、あとにしてくれないか？」おとうさんはコーヒーカップをおくと、ドアのほうへ歩きだした。

「今じゃなきゃダメ」わたしはねばった。「わたしにも知る権利《けんり》がある。昨日《きのう》の晩《ばん》は、どこにいたの？」

「エリーおやめなさい。今はよして」アンナがすばやくいった。

「なんで？　どうしてきいちゃいけないの？　おとうさん、どうなってんのよ？　ちゃんと説明して！」わたしはおとうさんの前に立ちはだかって、にらみつけた。思わずこぶしをにぎりしめる。

おとうさんの目も怒《いか》りに燃《も》えている。「エリー、よけいなお世話だ。おまえには関係ない」そういうなり、わたしを押《お》しのけた。

「なんでよ！」わたしは大声を出した。

「エッグがいるわ」おとうさんがキッチンから出ていくと、待ちかねたようにアンナがいった。

「だけど、エッグにも関係あることだよ。家族みんなの問題じゃない！」わたしは玄関《げんかん》までおとうさんを追いかけた。「おとうさんに、わたしたちをこんなふうにふりまわす権利《けんり》なんてない。アンナがどれだけツラいか、わかってんの？　いくらアンナがうらやましいからって……！」

「おまえ、そんなふうに思ってるのか？」玄関のドアをあけながらおとうさんがいう。

「そうだよ。アンナの仕事がウマくいってるのが気に入らないんでしょ？　そんなの男のわがままだよ。自分が上にいないと気がすまない。だから、わたしのおかあさんが働くのも許《ゆる》さなかったんでしょ。あんなに才能《さいのう》があったのに……」

「なにも知らないくせに……。おまえと家にいるのが、おかあさんの希望だったんだ」

「だとしても、わたしが学校にあがるころには、仕事も始めたかったと思うよ。グラフィックアートの才能をいかして。アンナにデザインの才能があるのと同じだよ。おとうさんはそれがガマンできないんでしょ。自分には才能がない。それでも家族に、エラい、すばらしいって思わせたい。ホントはエラくもなんともないくせに。おとうさんにあるのは、みんなを不幸にする才能だけじゃない！」

「よくわかった……」おとうさんは、ドアをバタンと閉《し》めて出ていった。

わたしは、ひとり残されてつっ立ったまま。このまま行かせる？　それとも、外まで追いかける？

どうしてもいいたかったことは、とりあえずいったかも。

体がガクガク震《ふる》えている。アンナがそばに来て肩《かた》をだいてくれた。そして、わたしをキッチンにつれてかえると、紅茶《こうちゃ》をいれてくれた。エッグが目をまるくしてこっちを見てる。スプーンにすくったままのコーンフレークがセーターのそでロに垂《た》れている。

「エリーがパパのことどなった！　知らないぞ、怒《おこ》られるから」

「べつにどーでもいい」紅茶《こうちゃ》を飲もうとすると、カップに歯が当たってカチカチ音をたてる。わたしはアンナを見た。「ゴメンなさい。でも、どうしてもいわないと気がすまなくて……」

「いいのよ。でも、あんまり心配しないで。そのうち元どおりになるかもしれないわ」アンナに肩《かた》をポンとたたかれた。

「でも、もしそうじゃなかったら?」わたしはアンナにだきついた。

バス停に向かいながら、これからのことをぼんやりと考えた。小さいころのように、歩道のヒビをふまずに歩いてみる。一度もふまないで学校に行けたら、おとうさんとアンナは別れない。以前は、別れるようにと願ったものだ。アンナがエッグをつれて出ていけばいい。そしたらおとうさんとわたしだけになる……。だけど今の望みはちがう。おとうさんとふたりきりなんて断固《だんこ》おことわりだし、新しいカノジョがいっしょなんてもっとイヤだ。そんなことになれば、ラッセルみたいにツラい思いをするだろう。

ラッセルに会いたい。指輪を何度も何度もまわす。わたしたちはこれからもずっと愛し合い、いつかいっしょに住むかもしれない。そうすれば、もう二度とさびしい思いをしなくてすむ。なぜなら、わたしにはラッセルが、ラッセルにはわたしがいるから……。

目を閉《と》じてラッセルの名前を呼《よ》ぼうとしたとたん、またしてもブロンドのドリーム・ダンに、正面衝突《しょうとつ》しそうになった。あこがれの君《キミ》は、軽《かろ》やかに脇《わき》によけた。

「おっと、衝突回避《かいひ》！　あぶなかった！」

「よかった、今日はカバンをふりまわしてなくて」

「今朝《けさ》はあんまり急いでないんだね。なに考えてたの？　さては、カレシのことだろう」

「さあ」顔が赤い。

「カワイイんだから！　純愛《じゅんあい》？」

「……そうかも」

それは本当だ。それから学校に着くまで、ラッセルのことを考え続けた。ゆうべのキスを思い出すと、体から力がぬけちゃいそう。けれどもどこか心の片隅《かたすみ》で、エリー・エレファントが、鼻を引きずってうなだれている。わたしだけのエリー・エレファントなのに、わたしとしか遊びたくないのに、ラッセルに無理矢理アレをやれ、コレをやれと芸をさせられて……。

それにしても、マグダとナディーンに会うのが待ちどおしい。おとうさんとアンナのことをなにからなにまで話さなきゃ。マジでヤバいと思うかどうか、意見を聞きたい。

それに、ラッセルのことも相談したい。どこまでユルすか。これは今までもしょっちゅう話題になってきたことだ。アレは何番、コレは何番と、段階《だんかい》ごとに数字をつけて。ナディーンは以前、例のリアムと、リストのかなり先まで進んだ。マグダは意外とおカタくて、だれかとちゃんとつき合うまで、キス以上は絶対《ぜったい》ユルさないと宣言《せんげん》してる。だけどわたしが相談したいのは、いつかどうするじゃなくて、今どうするかだ。ラッセルとわたしは本気でつき合ってる。

教室に入ると、マグダとナディーンは並《なら》んで机《つくえ》に腰《こし》かけ、足をブラブラさせていた。ナディーンがなにかいって、ふたりで笑いころげてる。

「オハヨ！　なに笑ってんの？」

声をかけると、ふたりは顔を見合わせ、ナディーンがかすかに首を横にふった。「なんでもないわ」

「そう、くだらない話」と、マグダがいう。

わたしはまじまじとふたりを見つめた。どういうこと？　ふたりしてわたしを仲間に入れない気？　今まではかくしごとなんかなかった。三人組の、大親友だったのに。なんだか幼稚園《ようちえん》の「おままごとの部屋」から閉《し》め出されたような気分だ。仲良しのお友だちはなかで楽しく遊んでるのに……。

「ふたりともどうしたの？　わたしのこと忘《わす》れちゃったの？」そういった瞬間《しゅんかん》ひらめいた。

「そっか……。わたしのことで笑ってたんだ」

「ハズレ」マグダがいうけど、わたしとは目を合わせようとしない。

「マグダ？　ナディーン？　あんたたち、ついさっきまで、マジで大笑いしてたよね。それがわたしに気づくと黙《だま》りこんだ。どう考えても、悪口いってたとしか思えない」

「エリー、被害妄想《ひがいもうそう》よ」ナディーンは机《つくえ》からおりるとスクールバッグからヘアブラシを出した。「男の子のことで笑ってたの」

「あっそう。それってどの男の子のこと？　まさか、わたしのラッセルのことじゃないよね？」だんだん腹《はら》が立ってきた。

「すごーい、わたしのですって。すっかりラッセル命《イノチ》ね。わたしがリアムとつき合ってたときは、友だちを大事にしろってさんざんモンクいってたのに」

「そうそう、あたしがミックとデートしたときもプリプリしてさ。覚えてる？　それが今はどう？　ヒトがかわいそうなファッジのことで落ちこんでても、見向きもしないでさっさとラッセルのとこへ行っちゃうじゃない」

わたしはぼうぜんとした。この人たちいったいどうしたの？　もしかして、これってケンカ？　こんなのたえられない。大切な親友、かけがえのない友だちのはずが……。

ファッジのお葬式《そうしき》のことで、こんなに怒《おこ》ってるとは思いもしなかった。マグダがそこまで落ちこんでるとも思わなかった。ファッジなんて、生きてるあいだはひと言も話題にならなかったもの。とはいえ、お葬式につき合わなかったのはさすがに後ろめたい。

「いいお葬式《そうしき》だった?」

「もちろんよ」ナディーンが答えた。

「ナディーンが、サイコーの棺《かん》おけを作ってくれたんだ。靴箱《くつばこ》の外側を黒くぬって、内側にパープルのシルクスカーフをはりつめて。かわいそうなファッジの亡骸《なきがら》は、黒いレースの手袋《てぶくろ》に入れた。とってもカワイかったよ、だけど、少しニオイはじめてた。ああ、かわいそうに!」マグダは鼻をグスグスいわせた。

やっぱりお葬式に行けばよかった。

「お葬式はカンペキな中世スタイルにしたの。というよりバイキングスタイルかな。結局、ファッジを小さな舟《ふね》に乗せて、ハムスター天国へ流したから」

かわってナディーンが話しはじめた。「お墓《はか》を作る予定だったけど、プラスチックのオモチャのシャベルで庭を掘《ほ》ろうとしたら、あっという間に爪《つめ》を二本もダメにしちゃった。

それで、川で精霊流《しょうろうなが》しすることにしたの」

マグダが続けた。「黒いベールをかぶって川に向かう途中《とちゅう》、自転車の男の子たちに冷やかされた。『お葬式だから、静かにして』っていったら、さすがに悪いと思ったらしくて、次はフツーに話しかけてきた。なのにナディーンが追いはらうんだから」

「あんなの、ただのコドモじゃない」

「でも、いちおうは十年生だったのに！」

「だから、コドモでしょ」ナディーンが決めつけた。

「ナディーンは十九歳《さい》の男《ヒト》とつき合ってるからって、そういういい方するんでしょ」

わたしがいうと、ナディーンがマグダを見た。マグダもナディーンを見て、ふたりそろってニヤニヤしてる。

「なにそれ？　それはないよ。マグダ、ナディーン、わたしにも教えて！」

そのとき、担任《たんにん》のヘンダーソン先生が、「みなさん、お静かに！」と、いいながら、トレーニングウェア姿《すがた》で教室に駆《か》けこんできた。

あとで絶対《ぜったい》はっきりさせなきゃ……。

8

Girls cry when
their friends say they're fat

女の子は「デブ」っていわれたとき涙が出ちゃう

昼休みまでは長かった。休み時間はほとんどない。ヘンダーソンがギリギリまで体育の授業《じゅぎょう》をやるから、終わりのベルが鳴ったときはまだ、あのいまいましいホッケーコートにいた。大急ぎでシャワーに飛びこんだかと思うと、あわただしく飛びだして、死にものぐるいで服を着てもたっぷり十五分はかかってしまう。タイツは無理矢理はくから伝線するし、髪《かみ》の毛は、どうしようもなくちぢれていうことをきかない。鏡にブラシを投げつけたい気分。

自分の体なんて大きらいだ。マグダとナディーンは、サイコーにスタイルがいい。ナディーンはとにかく細くて、すらりとステキだ。マグダはかなりグラマー、といっても、ちゃんと出るべきとこが出てる。わたしの場合、どこもかしこも出てる。ハーフパンツの上のおなかはぽっこり出てるし、ブットイもももときたら……。とくに体育でさんざん走らされてまっ赤にほてってるときなんてサイアクだ！

やっぱり、少しだけダイエットしたほうがいいかもしれない。もちろん前ほどムチャはしない……。ただ、ほんの数キロでもやせられたら……。

ランチメニューはピザだった。メチャメチャおなかがすいてたから、大きいひと切れと、フライドポテトをとった。どうせならとことん食べてやれと思って、デザートにいつものプディングのかわりに巨大《きょだい》なクリームパンまで食べた。

マグダとナディーンとわたしの三人は、体育倉庫《そうこ》脇《わき》のお気に入りのたまり場へ向かった。いつもの階段《かいだん》に、くっつき合って座《すわ》る。まん中はわたしだ。よかった、なんとか友だちにもどれたみたい。

「わたしたちって、友だちだよね？」両隣《りょうどなり》に腕《うで》をまわし、哀《あわ》れっぽくきいてみる。

「あたりまえでしょ、バカね」と、ナディーン。

「エリーのバーカ。永遠《えいえん》に親友って、知ってるくせに」と、マグダ。

「じゃあなんで、あんたたちだけの秘密《ひみつ》があるの？」わたしはふたりをゆさぶった。「わたしにも教えて。でないと頭をかちわるから」

「ナディーン、話しなよ」

「そうね……エラそうな顔して、うるさくいわないって約束するなら」

「約束する。それにしてもなんで？　いったいなにしたの？」

「なんにもしてないわ。ただ、前に話したエリスが……」

「そっか！　エリスとどうなったの？」

「だから、なんにもないってば。ホント、握手《あくしゅ》もまだよ」

マグダがいきなり笑いだした。「それじゃ、告白もまだみたいに聞こえるよ」

「マグダ、やめてよ！」

またこれだ。ヒトを仲間ハズレにする。もう、ガマンできない。わたしはふたりの肩《かた》にまわした腕をはなすと、立ちあがった。

「エリー？」

「どこ行くの？」

「わたしがいないほうがよさそうだから」わたしはつぶやいた。

「どうしたのよ？」

「いい子だから、座《すわ》んな」

ナディーンに腕を引っぱられ、マグダにひざをつかまれて、わたしはふたりの上に倒《たお》れこんだ。勢《いきお》いあまって三人とも階段《かいだん》をころがり落ち、キャーキャーキャーいって大騒《おおさわ》ぎ。笑ってるふたりにサンドイッチされ、三人分の手足がメチャクチャに絡《から》まりあった状態《じょうたい》では、いつまでもツンケンしつづけるのもむずかしい。

なんとかマトモに座《すわ》り直すと、マグダがいきなりしゃべりはじめた。「ナディーンとエリスはインターネットで知り合ったんだよ」

「マグダ！　絶対《ぜったい》バラさないって誓《ちか》ったでしょ！」ナディーンが抗議《こうぎ》した。

「なんでもっと早く教えてくれなかったの？　インターネット？　ナディーン、どうかしてるんじゃない？」

「ほらね！　やっぱり怒《おこ》った！　だから、いいたくなかったの。ショック受けたような顔しちゃって」

「あたりまえでしょ！　まさかチャット？」

「アタリ！」とマグダがいう。

「ちがうわ。〈ザナドゥ〉のウェブサイトで知り合ったの。エリーも知ってるでしょ、前に見せた、あやしい雰囲気《ふんいき》のカッコいいマンガで……」

「ああ、思い出した。そう、画面の構成《こうせい》がおもしろかった。コマ割《わ》りのサイズがいろいろで、キャラクターが、わくをこえ……」

「そういう技術的《ぎじゅつてき》な話はラッセルとしてよ。わたしはただ、不気味なストーリーと、長い黒髪《くろかみ》にまっ白な肌《はだ》のヒロインが好きなだけ。ちょっとわたしに似《に》てるのよ」

「ナディーンは黒のマイクロ・ビキニなんか着てないし、ひざ上のロングブーツもはかないけどね」マグダが笑った。「エリー、ナディーンはその男《ヒト》と、毎晩《まいばん》メールしてるんだよ。あたしもゆうべ、かわいそうなファッジのお葬式《そうしき》のあとでチョコっとまぜてもらったんだ。エリスはマジで大人だよ。たしかに、どこかアブナイ気もするし、ナディーンへの質問《しつもん》も、かなり露骨《ろこつ》なこともある。でも、男なんてそんなものじゃない」

「質問《しつもん》って？」

マグダが質問の中身を教えてくれた。

「ナディーン！　まさかそんなのに答えてないでしょうね？」

「マグダ、だからいったでしょ。エリーには、もうなにもいわないで。まったく、ウチの母親そっくりだわ！」ナディーンは、あきれたという目をして見せた。

「おかあさんはこのこと知ってるの？」

ナディーンの目は、あきれたを通りこして、ほとんど白目になった。「ちょっと、気はたしか？　いうわけないでしょ！　こんなこと聞いたら、あの人どうかしちゃうわよ！」

「ナディーンのほうこそどうかしてるよ。どうしてもっとマトモな人とつき合えないの？」

「マトモなんて退屈《たいくつ》なだけじゃない。わたしはあなたたちとはちがうの。くだらない子ども——ラッセルやグレッグなんかは——相手にしたくない」

「ラッセルは、くだらない子どもなんかじゃない！」

ところがマグダは「グレッグのことはいえてるよ。アイツ、キスだけはマシになったけど、会話はまるでダメ。エリスとはくらべものにならない」という。

「はいはい、そうですか！」

「だってエリー、あの男《ヒト》のメッセージは、ほとんど詩だからね。ホントにロマンチックで、うっとりしちゃう。まるでナディーンの気持ちがわかってるみたい。」

「今朝《けさ》、パソコンをつけたら、ちょうどわたしの詩を書いてるところだっていってたわ」

ナディーンは自慢《じまん》げだ。「タイトルは『マイ・ザナドゥ・ガール』ですって」

「ナディーン、だいじょうぶ？　そんなヤツ、ナディーンの黒いビキニとロングブーツ姿《すがた》を想像《そうぞう》してる、アブナイ変態《へんたい》じゃない」

「エリスのこと、そんなふうにいわないで！　それに、たとえ想像《そうぞう》されたって、べつにどうってことないわ」ナディーンは赤くなっていい返した。

「わたしは、そんな想像されるくらいなら、死んだほうがマシ」

「だれも想像なんかしないわよ。エリーみたいに太ってたら、ビキニやロングブーツじゃ、サマにならないもの」

マグダが息をのむ。しばらく、だれもなにもいわなかった。ナディーンの言葉が信じられない。たしかに本当のこと。だからって、そんな意地悪いうなんて……。涙《なみだ》がこみあげてきた。わたしは震《ふる》えながら立ちあがった。

「エリー、たのむから座《すわ》って。また怒《おこ》ったの？」マグダがいう。

「ナディーンがなんていったか、聞いたでしょ」

「聞いたけど、本気じゃないって」

「エリスのこと、変態《へんたい》だなんていうからよ」ナディーンがいう。

「それも本気じゃないから」マグダがとりなした。

ナディーンとわたしは、にらみ合った。ふたりともじゅうぶん本気だ。これは、五分もすれば忘《わす》れるようなケンカじゃない。意見の食《く》い違《ちが》い、友情《ゆうじょう》をかけた大問題だ。そして答えは、あきらかだ。

「サヨナラ……」わたしはうなだれて見えないように、頭をぐっとあげて立ち去った。足もとを見ないで階段《かいだん》をのぼるから、つまずいて向こうずねを思いきりぶつけてしまった。痛《いた》いのなんのって……。涙が頬《ほほ》を流れるのは、きっとそのせいだ。

9

Girls cry when
they quarrel with their friends

女の子は
友だちとケンカしたとき
涙が出ちゃう

わたしは思いきりハナをすすりあげた。ふたりから見えるところでは、涙《なみだ》をふくわけにいかない。

追いかけてくる足音は聞こえない。すがりつく腕《うで》もなく、呼《よ》びとめる言葉もない。マグダはナディーンといるのを選んだ。今となってはマグダとナディーンのふたりが大の仲良しというわけだ。ナディーンとわたしは、ずっと親友だったのに。幼稚園《ようちえん》時代から変わらずに。アンダーソン中学に入って、マグダと友だちになったのもわたしが先だ。ナディーンは長いことマグダをきらってた。わたしはいつも板ばさみになって、ふたりに気をつかっていた……。

それなのに……。

ナディーンがここまで意地悪だとは思わなかった。わたしが自分の体のことで、どれだけ悩《なや》んでるか知ってて、あんなことをいうなんて。先学期はほとんど拒食症《きょしょくしょう》になりかけた。あのダイエット地獄《じごく》に逆《ぎゃく》もどりさせるつもり？　ナディーンのいうことなんか気にするものか。聞く必要なんてどこにもない。

そうはいいつつも、午後の授業《じゅぎょう》のあいだじゅう、ひとりぼっちで緊張《きんちょう》しながら座《すわ》っていると、背中《せなか》に大きく、「デブ」と書かれた気分だ。なんだか背中が痛《いた》い。気のせいじゃない。何度も背中をなぜてみる。今度はおなかまで痛くなってきた。いつもよりさらに大きく、憎々《にくにく》しく、スイカ並《な》みにふくれあがったおなかに、スカートがくいこんでくる。机《つくえ》の下でこぶしをにぎると、何度もおなかにパンチを入れた。痛みはだんだんひどくなる。覚えのあるツラさ、生理の始まりだ。

終業《しゅうぎょう》のベルが鳴ったら、即《ソク》、家に帰らなきゃ。一瞬《いっしゅん》足が止まった。もしかして、ナディーンがわたしのほうを見てたりして？　席は近いけど、ランチのあとはずっとこっちを無《む》視《し》してた。ナディーンはいつもどおりマグダとおしゃべりしながら、スクールバッグに教科書やノートをつめている。マグダが心配そうにこっちを見て、笑いかけてきた。だからといってこっちに来ようとはしない。

わたしだって向こうがあやまってくるのを期待して、うろうろしてるつもりはない。今すぐ帰って、一刻《いっこく》も早くバスルームに駆《か》けこんで、緊急事態《きんきゅうじたい》をなんとかしないと。わたしはスカートの後ろをチェックして、急いで駆けだした。

「エリー、待ちなよ！」マグダの声が聞こえる。「子どもなんだから！」

なにそれ！　わたしのどこが「子ども」なの？　責任《せきにん》ある人間として、いうべきことをいったまでのこと。ナディーンこそどうかしてる。どこのだれとも知れない人からのメッセージで舞《ま》いあがるなんて。だいたい、エリスって名前からしていかがわしい。マジで変《へん》態《たい》かもしれない。

どんなにナディーンに腹《はら》を立てててはいても、本当のところはやっぱり友だちだ。ヤバいことに巻《ま》きこまれてほしくない。とはいえ、わたしがなにをいっても、もはやムダだ。だれかに相談する？　ナディーンのおとうさんかおかあさんに？　無理だ。ナディーンに殺される。ナディーンもマグダも、一生口もきいてくれないだろう。

「エリー！　おーい、エリー！」

えっ、どうして？　ラッセルが校門のところに立っている。あやうく無視して通りすぎるところだった。「ラッセル！　気がつかなかった……」

「やけに考えこんでたね！　ぼくのことだろ？」

「じつをいうと、ナディーンが心配で……」

「まただ……そんなことだろうと思ったよ」ラッセルは気を悪くしたみたい。「ぼくと本気でつき合うつもりがあるのか、ときどきわかんなくなるよ。ホントは女の子三人組でいたほうがいいんだろ？」

「だったらいうけど、さっきケンカしたの。ひどい話。ナディーンがすごく心配。カンペキにどうかしちゃって……」

「あいつはおかしいって、前からいってるだろう。ナディーンもマグダも忘《わす》れろよ。ふたりでウチで、ゆっくりしよう」

「無理」

「なんで？」

一刻《いっこく》も早くバスルームに駆《か》けこまなければいけないとは、さすがにいえない。もちろんカレシとはなんでも話せたほうがいいに決まってる。わたしたちもいろんな話をする。それでも、これはパス。やっぱり恥《は》ずかしい。

「気分が悪くて……」これはホント。「早く家で横になりたいんだ」

「ぼくといっしょに、ウチで横になればいいじゃないか」

「なにそれ？」

「やさしくするからさ。おでこをなぜてやるよ。それから、肩《かた》も。あと、どこでも好きなところを……」

「いいかげんにして！」どうして、いつもしつこく同じことばかりいうの？　わたしのことを想ってくれるのは本当にうれしい。でも一方で、ラッセルの頭には、このところわたしがどこまでユルすかしかないようにも思えてしまう。いっしょにすごす時間はステキだ。

それでもときには、わたし――エリーの体だけじゃなく、中身――にも興味《きょうみ》を持ってほしいと思うことがある。

その体が、今は緊急事態《きんきゅうじたい》だ。おなかがしめつけられる。しめった感じもしてきて、そろそろ限界《げんかい》だ。「ラッセル、ゴメン。どうしても帰らなきゃいけないの」そういい捨《す》てるとわたしは走りだした。

なんとか無事に家まで帰り着けた。アンナからの置き手紙がある。「大手チェーンストアとの打ち合わせに行ってきます」特別価格《かかく》の子ども用ニットウェアのデザインの話だって。契約《けいやく》すれば、生産は大規模《だいきぼ》なものになるらしい。

「でも今よりもっと仕事をかかえることになるから、引き受けないかもしれない。おとうさんのことがあるからね」と、書いてある。

「絶対《ぜったい》やるっていわなきゃダメだよ」わたしはつぶやいた。「おとうさんのことなんて、考えなくていい」

続きを読む――どうしよう！　エッグがナディーンの家で妹のナターシャと遊んでいる

らしい。

「六時にもどるつもりだけど、帰れなかったら、おむかえをお願いね」

アンナの帰りが遅《おく》れないことを祈《いの》るだけだ。今はナディーンのそばに行きたくない。

ひとりきりの家も、たまには悪くないものだ。ゆっくりと熱いお風呂《ふろ》で横になり、アワの下の哀《あわ》れにふくらんだおなかをなぜた。

デブ。

ダメ！　ナディーンのことなんか気にしちゃ。マグダのことも考えるのはヤメ。おとうさんとアンナとエッグも忘《わす》れよう。ラッセルも気にしない。今は自分のことだけ考えよう。

タオルで体をふき、着心地《きごこち》のいいオーバーオールとストライプのトレーナーに着がえると、わたしはベッドの上であぐらをかいてマートル・マウスを描《か》きはじめた。ハラハラドキドキの冒険《ぼうけん》が続き、ついにマートルはロンドンにのがれて地下で暮《く》らしはじめる。地下道のトンネルにひそみ、恐《おそ》ろしい地下鉄がうなり声をあげて通るたびにあわてて安全な場所に飛びこんで……。ブルーの毛皮はいつしか黒くすすけ、地下鉄の保線係《ほせんがかり》の重いブーツから逃《に》げる拍子《ひょうし》に、シッポの先がちぎれてしまう。

それでも、ラストはハッピーエンドだ。ある日、ひとりの女の子がマートルをチーズサンドで地下鉄のホームに誘《さそ》いだし、うすよごれた小さな体をティッシュでくるむと、ポケットに入れてつれて帰った。その子はマートルをきれいにして、住む場所もなにもかも、やさしく世話してくれた。おニューのドールハウスはりっぱなお屋敷《やしき》で、部屋の壁紙《かべがみ》はマートル・カラーのブルーでそろえてる。キッチンは青い柳模様《やなぎもよう》、リビングは青いバラの模様、そしてベッドルームにはミッドナイト・ブルーに小さなシルバーの星が散りばめられている。

最後のイラストでは、マートルがダーク・ブルーの羽根布団《はねぶとん》の下で気持ちよさそうにまるまっている。わたしはマートルの頭をそっとなぜると、大きな封筒《ふうとう》に入れて宛名《あてな》を書いた。応募《おうぼ》用紙がないこと、締《し》め切《き》りに遅《おく》れたことへのおわびをメモにして、それでもどうか、見るだけ見てくださいとお願いした。

アンナは六時になっても帰らない。おとうさんは影《かげ》も形もない。結局わたしが、たより、、、になるおねえさんの役まわりというわけだ。

ナディーンの家に向かう途中《とちゅう》で、封筒をポストに入れた。ナディーンの家の前の砂利道《じゃりみち》を歩きながら、バカバカしいくらいに緊張《きんちょう》してしまう。足音が、ザクザクいうたびに、胃《い》袋《ぶくろ》がぎゅっとしめつけられる。

ナディーンのおかあさんは妙《みょう》に疲《つか》れた様子で、玄関《げんかん》に出てきた。キッチンからかん高い声が聞こえる。ガキンチョ特有の、ピッチの高い笑い声だ。

「まあ、エリーなの？　お入りなさい。てっきりおかあさまがおみえになると思ってたわ」

「その予定だったんですけど。すみません、仕事の都合でうかがえなくなってしまって」

「とにかく、弟さんをむかえに来てくれたんでしょうね？　じつはちょっと興奮気味《こうふんぎみ》なの。じき寝《ね》る時間なのに、こまったわ。さっきオレンジジュースをこぼして、服をビショぬれにしてしまったのよ。ナターシャのジーンズとトレーナーに着がえさせようとしたのに、なにを考え違《ちが》いしたのやら……」

そのときちょうどタイミングよく、エッグがナターシャに追いかけられて、キッチンから飛びだしてきた。ナターシャは、たしかにジーンズをはいて、長い髪《かみ》を野球帽《やきゅうぼう》にひっつめている。はいているのはエッグのドタ靴《ぐつ》だ。一方エッグは、なんと、ピンクのフリフリのワンピース姿《すがた》。短い髪はピンクのヘアピンだらけ、腕《うで》にブレスレットをジャラジャラいわせ、足にはピカピカのリボンのついたハイヒールを引きずっている。

「アーラ、エリー！　あたし、あんたの妹のエッグリーナよ。こっちは、カレシのナット」エッグはふざけた裏声《うらごえ》でキャーキャーわめいた。

弟《エッグ》にこんな趣味《しゅみ》があったなんて……。

「今すぐワンピースをぬぎなさい、よごすから。早くして、もう帰るよ」

エッグはまるで聞く耳を持たない。大声をあげて走り去ると、今度はハイヒールによろめきながら足を高くけりあげてフレンチ・カンカンを踊《おど》りはじめた。フリフリのブルマがまる見えだ。ナターシャはキャーキャー大笑い……。

「ここはわたしにまかせてちょうだい」ナディーンのおかあさんが疲《つか》れた声でいった。

「ナディーンのところでしばらくおしゃべりでもしていらっしゃい。書斎《しょさい》でパソコンを使ってるはずよ。最近は、宿題にもインターネットを使いこなすようになったの」

そうでしょうとも。ナディーンとは顔を合わせたくない。だからといって、ナディーンのおかあさんに、ヘンにかんぐられるのもイヤだ。結局のろのろと書斎《しょさい》に向かった。ナディーンはパソコンのスクリーンにおおいかぶさるようにして、メール画面を見てニヤニヤしてる。部屋に入っていくと、とびあがって画面を全部消してしまった。そのあとで、やっとわたしだとわかったみたい。ナディーンとわたしは見つめ合った。どちらも顔が赤い。

「エリー?」

「ナディーン?」

しばらく沈黙《ちんもく》があった。わたしたち、いったいどうしちゃったんだろう。大親友のはずなのに。今までずっと、そしてこれからも……。

「チビでデブのエリーだよ」声が震《ふる》える。

「ああエリー、ゴメンなさい」

「わたしこそ、ゴメン」

わたしたちは駆《か》けよるとだき合った。

「バカだね、わたしたち」わたしがいう。

「ホントだわ。さっきいったことは、本気にしないで」

「わたしこそ、まじめぶるつもりも、エラそうにする気もなかったのに……」わたしはまっ暗なパソコン画面を指さした。

「インターネットには、たしかに危険《きけん》がつきものよ。アブナイ人がいないともかぎらないわ。でも、エリスはちがう。エリーにはわからないかもしれないけど、理想の男《ヒト》といってもいいくらいなの。すごくステキなメッセージをくれるし。わたしのこと、もっと知りたいって。リアムみたいに自分のことばかり押《お》しつけるのとはぜんぜんちがうわ。自分のことをイイ男だなんて絶対《ぜったい》いわないし、悩《なや》みも打ち明けてくれる。内気だとか、臆病《おくびょう》だとか……。万一わたしと会っても、きっとなにをしゃべればいいかわからずに、黙《だま》りこんでしまうだろうって」

「まさか会うつもりじゃないでしょう?」頭のなかで非常《ひじょう》ベルが鳴り響《ひび》く。

「もちろん、そんな気ない」ナディーンは即座《そくざ》に答えた。「だからあんまり心配しないで。ホントにステキな男《ヒト》なの。見せてあげるわ」

ナディーンはパソコンのスイッチを入れると、今までのメッセージをいくつか見せてくれた。たしかにステキ。〈ザナドゥ〉のことを熱く語っている。自分にとってのファンタジーの意味や、少年が主人公のストーリーでは、「指輪物語《ロード・オブ・ザ・リング》」が好きで五回も読み返したこと。でも、少女が主人公の〈ザナドゥ〉はもっとすばらしい、女の子が好きだから。そして、十二歳《さい》のころからずっと頭からはなれない理想の女の子のこと。ちょっと変わった、内気な子でモノトーンがよく似合《にあ》う——すべてを共有できる女の子。気持ちを押《お》しつけるつもりはないけれど、ナディーンはまさに夢《ゆめ》の少女、いやそれ以上だ。美しいナディーン……テレビで〈ザナドゥ〉の主人公を演《えん》じた女優《じょゆう》より、ずっときれいだ……。

「ほかにもいろいろプライベートなことを打ち明けてくれるけど、そっちはダメ。マグダにもあんまり見せてないの」

「そんなこといわないで、お願い！」

するとナディーンは見せてくれた。心臓《しんぞう》がドキドキいう。やっぱりおかしい、とは思う。知らない相手が、たった十四歳の女の子にこんな秘密を打ち明けるなんて……。でもエリスの手にかかると、ちっともいやらしくない。やさしく、情熱的《じょうねつてき》で、ロマンチックだ。ラッセルがこんなことをいってくれたら……。

10

Girls cry when their boyfriends don't understand

女の子はカレシがわかってくれないとき涙が出ちゃう

「エリー、愛してる」

そしてキス。

「ああ、エリー、愛してるよ」

もっとキス。

「ああ、エリー、愛してる。だから……」

そしてキス以上。

「ああ、エリー、愛してるよ。だから、だから……」

ケンカして、すねて……。そしてまたキス。それがおやすみなさいのキスのこともあれ

ば、初めからまたくり返すときもある。これっていいかげんに……あきる⁉

そんなことない！　どうしたんだろう？　ラッセルを愛してるのに。世界でたったひとりのわたしだけの男《ヒト》。指輪は肌身《はだみ》はなさずつけている。ただ、会うたびくり返すパターンがちょっと。ラッセルは、いつも必ず同じことしかいわない。

エリスのような想像力《そうぞうりょく》があればいいのに。まったくちがうデートを想像してみる。話す言葉もすることも、ドキドキするほどロマンチック——いつもの、キスするだけの退屈《たいくつ》な関係とはくらべものにならない。退屈なんて、ウソ！　悪いくせだ。なんにでもケチばかりつけたがる。自分こそロマンチックでもなんでもないくせに。ラッセルが、前からしつこくいい続けていることがある。わたしもほとんど「いいよ」といいかけて、いざとなると笑ってしまう。ラッセルは当然気を悪くして怒《おこ》るけど、笑いの発作《ほっさ》はかえってひどくなる。

「なんでいつも肝心《かんじん》なとこで笑うんだよ?」ラッセルがイラついてる。

「女の子だもん、笑うようにできてるの。しかたないよ」

「でも、笑うべきじゃないときを心得てる子もいるだろう?」

「だったらそういうのとつき合えばいいでしょ!」わたしも腹《はら》を立てはじめる。

「わかってるくせに。ぼくが好きなのはエリーだけさ」

機嫌《きげん》を直してキス。いろいろあるけど、ほとんどいつもラッセルはやさしい。ただ、わたしが首を横にふるのをわかっていて、気持ちを押《お》しつけるのがイヤだ。ホントはわたしも同じ気持ちになることもある。でも、今以上の関係はまだ心の準備《じゅんび》ができていない。

「ジェフのカノジョのジュリーはOKしたって。ジャミーやビッグ・マックは、もう何人もと経験《けいけん》ずみだ」

「あっそう!」わたしはイライラとため息をつく。「わたしとのことも、そんなふうに友だちとしゃべってるんでしょ？」

「冗談《じょうだん》だろ！」だけど顔が少し赤い。「自分こそ、マグダやナディーンになんでもかんでも話すくせに。ヒトのこといえないだろ」

「そんなことしない。あの子たちがしゃべるのにくらべたら、なんにもいわないようなもんだよ。ナディーンのエリスの話なんて、聞いたらおどろくから」

「マグダは？　今だれかとつき合ってるの？」

「決まった人はいない。グレッグとヨリをもどしかけたけど、あんまり無神経《むしんけい》でバツがついたみたい。マグダのハムスターが悲劇的最期《ひげきてきさいご》をとげたすぐあとで、赤ちゃんハムスターのタフィとマローをくれようとしたんだけど、マグダは『まだ喪中《もちゅう》だし、ツラくて飼《か》えない』ってことわった。ついでにグレッグとつき合うのもおことわり」

「よかった。じつはビッグ・マックが派手《ハデ》なバースデーパーティをやるんだ。ウチのクラスはほとんど来るけど、女の子がぜんぜん足りなくて……」

「マグダのことカン違《ちが》いしないで。ビッグ・マックがどんなヤツかちゃんと知ってるんだからね」

「そういう意味じゃない。ちゃんとしたパーティだよ。ヤバいことはなにもないし、親も家にいる。ホントだから！　エリーと行くって、もう返事しちゃったんだ。いいだろ？」

「ひと言きいてくれたっていいじゃない。いっつも肝心《かんじん》なことはいってくれないんだから。コンクールのことだって……」

「わかったよ！　はい、はい、きみの勝ち。すみません。もっと前にお伝えするべきでした。だけど、コンクールなんていくらでもあるんだぜ」

「だからって、わたしのエリー・エレファントは二度と使わないでよ」わたしはラッセルの鼻を指ではじいた。

「あれはべつにエリーのじゃないだろ。宙返《ちゅうがえ》りしてるゾウくらいだれでも描《か》くさ」

「ダメ。カワイイ女の子のゾウで、鼻がくるんと曲がって、ペディキュアしてるのは、エリー・エレファントだけなの。オリジナルなんだから」さっきより少し強く鼻をはじいてやった。

「いてっ！　いいかげんにしろよ」ラッセルが手首をつかむ。レスリングごっこが始まった。ふざけてるうちに、ラッセルがその気になって……。

「ああ、エリー、愛してる。だから……」

「ラッセルったら！　どうしていつも同じことばっかりいうの？」

「入賞したら、賞金はふたりで半分ずつにしよう。あくまできみのゾウだといいはるからね」

思いやりのある申し出だとは思う。それでもなにか引っかかる。それにこれ以上のレスリングごっこは危険《きけん》だ。

「もうおしまい。帰らなきゃ。お店が閉《し》まる前にもどらないと」

「ぼくといるより、買い物のほうがマシだっていいたいのか？」どうやら怒《おこ》らせちゃったみたい。

「自分のものを買うんじゃない。食料の買い出しに行かなきゃならないの」

朝ごはんのとき、アンナにいった。仕事が大変そうだから、かわりにスーパーに行ってくるよって。わざとおとうさんの目の前で。おとうさんは当然頭に来たみたい。

「みんなで日曜日に行けばいいだろう。エリー、そんな目で見るな。わざとらしいぞ」

日曜日に家族でショッピングなんて、絶対《ぜったい》に無理。家族はもう崩壊寸前《ほうかいすんぜん》だもの。おとうさんとアンナはほとんど口をきいてない。それにおとうさんはこのところ毎晩《まいばん》帰りが遅《おそ》い。アンナはひとりで仕事をしてる。心配事が多いせいで、額《ひたい》にシワがより、目の下にはくまができている。エッグはいつもメソメソしてばかり。ご機嫌《きげん》とりに、お菓子《かし》を買ってやっても役に立たない。今や赤ちゃんみたいにアンナにくっついてはなれない。アンナはエッグのことをすごく心配してる。このうえわたしまで、アンナに心配かけることはできない。

買い物は、思ったよりずっとつまらなくて、おまけに大変だった。まだリストの半分しか見つからない。すべての通路をうろうろし、レジに並《なら》ぶのもウンザリするほど時間がかかる。あとひとりでやっとわたしの番だ。カートの中身をあけはじめたときクシャミが出た。ポケットのティッシュを探《さが》して——いけない！　ティッシュを忘れてた！

ティッシュをめざして、売り場にもどる。あんまり急いだせいで、カートの車輪が脇《わき》にそれ、冷蔵《れいぞう》ケースに牛乳《ぎゅうにゅう》パックを並べている背《せ》の高いブロンドの人にぶつかってしまった。牛乳パックが手からはなれ、わたしも、白い帽子《ぼうし》にオーバーオール姿《すがた》の店員も息をのんだ。

さいわい、牛乳はこぼれなかった。

「覆水盆《ふくすいぼん》に返らず、とならずに、助かりました」そういって、わたしは店員の顔を見あげた。この人、どうして人なつこく笑いかけてるんだろう……？　やっとわかった！　ただの背《せ》の高いブロンドの人じゃない、ドリーム・ダンさまだ！　学校へ行く途中《とちゅう》、いつもぶつかるあの人。またやってしまった。「ス、スミマセン！　ホントにゴメンなさい。ふだんは人にぶつかることなんてないのに」

「いいさ、ぼくにだけぶつかるんだろう？」

「ここで働いてたんですか？」

「制服《せいふく》が気に入ってるからじゃないけどね」あこがれの君《キミ》は、給食のおじさんみたいなぶかっこうな帽子《ぼうし》をかぶり直して、気どって見せた。「とりあえずはこの仕事に満足してる。大学に行くのを一年遅《おく》らせたんだ」

「わたしも絶対《ぜったい》そうしたい。今から友だちと計画してるんです。六か月間働いて、残りの六か月はいっしょに旅行しようって」

わたしはオーストラリアみたいなきれいな場所に行ってみたい。ナディーンは、エキゾチックなインドとかに行きたがってる。マグダはレンタカーでアメリカ一周したいって。それまでに運転免許《めんきょ》がとれればの話だけど。

あこがれの君《キミ》は、そんな話をあいづちを打ちながらやさしく聞いてくれた。ホントは、そんなにうまくいく？　って思ってるのがわかったけど。むこうは、ユーロ・レイルを乗りついで、一か月間キャンプしたんだって。わたしはキャンプにはまったく興味《きょうみ》がない。わが家はウェールズに、別荘《べっそう》とは名ばかりの、今にも朽《く》ち果《は》てそうな山小屋を持っている。そこを買うまでは、いつも休みのたびにジメジメしたところでキャンプだった。スリーピングバッグにはアリが入りこみ、夜中にネズミが顔の上を走った。もしかしたら自分の髪《かみ》の毛だったのかもしれないけど、パニックして大騒《おおさわ》ぎだった。

あこがれの君《キミ》にそのことを話すと笑ってくれた。ふと見あげると、すぐそこにラッセルがいてこっちをにらんでる。もう三十分も前に別れたのに。

「ラッセル！　なんでここに？」

「べつに。じゃまする気はないから」ラッセルはツンケンしてる。

「もう仕事にもどらなきゃ」あこがれの君はわたしの耳元に口をよせた。「カレシだろ？　よさそうなヤツじゃないか」

ラッセルの態度《たいど》はよさそうどころか、サイテーだ。どんどん先に行ってしまうから、必死に急がなければ追いつかない。カートが右に左に暴走《ぼうそう》し、お年よりや子どもをつれたおばさんが命からがらとびのいた。

「ラッセル、待ってよ、お願いだから！」つい大声を出してしまう。「どうしてここへ？」

「あのままひとりで買い物に行かせて悪いと思ってさ。運ぶのでも手伝おうと思ったんだ。

なんで突然《とつぜん》スーパーガール並《な》みにはりきって、スーパーに行くなんていいだしたりしたのか、理由を知らなかったからね」

「なにそれ?」わたしは目をパチクリした。

「そんな顔しても、だまされないぞ。あのヘンな帽子《ぼうし》の店員が目当てなんだろう?」

思わず笑ってしまった。ラッセルは激怒《げきど》した。「ラッセル、聞いて。あの人、知り合いともいえないよ」

「ヘエー、そう! それじゃ、なんであんなふうにエリーのこと見てたんだよ? 気があるに決まってるだろ」

「あの人のことで唯一《ゆいいつ》知ってるのは、ゲイだってことだけ」

今度はラッセルが目をまるくした。「はあ?」

「だから、あの人がそうなの。気があるとしたら、ラッセルにだよ。よさそうなヤツっていってたもの。まちがいなくホレられたね」

ラッセルの顔が赤くなった。「ふーん、そうか。だったらいいさ。それにしても、ぼくとつき合ってることは、はっきりいっただろうな」

「さっきは、ヤキモチやいてるみたいだったよ」

「ちがうよ。ただ、コケにされたのかと思ったから」

「そんなことない」

「わかった」

「じゃあ、今でも友だち？」

「バカいうなよ、友だち以上だろ」ラッセルはわたしの手をとるとやさしく指輪をまわした。

ラッセルは買ったものを家まで運ぶのを手伝ってくれた。アンナはとても喜んだ。三人でお茶を飲んでひと休みしていると、おとうさんが、ひさしぶりに早く帰ってきた。別のスーパーの荷物をかかえている。

「おとうさん、わたしも行ってきたのに」

「これでしばらくはバターやティッシュにこまらずにすむな」とおとうさんがいった。

「どうもありがとう」アンナが財布《さいふ》を探《さが》した。「いくらだった？　家計費につけとくから」

「なんだと？　オレにだってこんなものを買う金くらいある。おまえほどじゃないかもしれないが、いちおうはかせぎもあるからな。不自由はしないぞ」おとうさんは冷たくいった。

　こうなるともうお手上げだ。おとうさんが買い物に行ってくれたのをきっかけに仲直りできるかも、なんて思ったのがまちがいだった。結局、もとのもくあみだ。おとうさんはラッセルの手前、これでもかなりおさえてる。わたしはアンナを手伝って買い物の第二弾《だん》を片《かた》づけた。クシャミがまた出たから、おとうさんの買ってきたティッシュをあけた。どうかエッグの風邪《かぜ》がうつっていませんように。エッグは、鼻づまりはもう治ったものの、今度はあたりかまわず咳《せき》こんでる。

おとうさんとラッセルはぎこちない雰囲気《ふんいき》で、ひと言ふた言、話をした。シンシアがアンナ・アラード・ブランドのセーターをさっそく買ってきた話をラッセルがすると、雰囲気はさらに悪くなった。おとうさんからの反応《はんのう》がないのに気づくと、ラッセルはあわてて話題を変え、コンクールのことを話しだした。なんて図々しい。ゾウのイラストの自慢《じまん》をするなんて。

「わたしのエリー・エレファント……」思わず口に出てしまう。

ラッセルがため息をついた。「エリー、入賞したら賞金は山分けしようっていっただろ？　それに、きみのじゃない。ぼくのイラストだ」

「だが、エリーが小さいころからかわいいゾウのイラストを描《か》いてるのは本当だ」おとうさんがアンナのいれてくれた紅茶《こうちゃ》を飲みながらいった。アンナにはありがとうのひと言もない。「エリーはどうして描かなかったんだい？」

「締《し》め切《き》りに間に合わなかったんです」ラッセルがすかさず答えた。まるで、わたしにやる気がなくて間に合わなかったみたいないい方だ。

「じつは、わたしも応募《おうぼ》したの。ゾウじゃなくて小さいブルーのネズミのイラストで」おとうさんがおどろいた顔でわたしを見つめた。「まさか、マートル・マウスか？」

「そう」

「それも、エリー専用《せんよう》キャラクターかい？　ネズミを描くときもエリーのお許《ゆる》しがいるのか。ディズニーにも警告《けいこく》しとけよ」

わたしはラッセルを無視《むし》して、おとうさんを見つめ返した。できればなにもいってほしくない。だけど、おとうさんは口を開いた。

「マートルはエリーの母親の作品だ」

ラッセルはアンナを見た。

「ちがう、本当の母親のほうだ」

アンナの顔が一瞬《いっしゅん》引きつったけど、たぶんおとうさんに悪意はないと思う。おかあさんのことを口にしたとたんに、おとうさんの表情《ひょうじょう》がふっとやわらいだ。

「エリーが小さいころの話だ。いつもマートル・マウスの物語を聞かせるまで眠《ねむ》ろうとしなかった」

「あのね、おとうさん。おかあさんとわたしはいっしょにお話を作ったの。だからわたしもマートルを描《か》いた。最初はおかあさんのマートルをマネしてたと思うけど、そのあとは、自分の思いどおりに描いたんだよ」

「だったらエリーこそ、おかあさんのイラストをマネしたものをコンクールに出したんじゃないか。なんだよ、それ！　エリー・エレファントをマネしたって、あれほどヒトを責《せ》めといて！　まあどっちみち、ぼくはマネしてないけどね」ラッセルがいう。

「わたし、おかあさんのマネなんかしてない」

「たった今、自分でいったじゃないか」ラッセルはしつこくくいさがる。

「それは小さいときの話。今回は自分でオリジナルのマートルを考えたの。おかあさんの描いた小さいネズミとはぜんぜんちがう。まちがいなくわたしの作品だよ」なぜかどことなく言い訳めいてしまう。

「なにをいってるんだ！　おかあさんのデザインを使ったとすれば、それは盗作《とうさく》だ」おとうさんが決めつけた。

おとうさんなんか、けとばしてやりたい。アンナもそう思ってるみたい。「なぜそうなるの？　エリーは思い出のキャラクターをもとに、オリジナル作品に発展《はってん》させたんでしょ。それを盗作《とうさく》だなんて……。自分の子に向かってなんてことをいうのよ？　どうかしてるわ」

「どうせ、嫉妬深《しっとぶか》いとでもいいたいんだろ？　少なくとも、かけがえのない娘《むすめ》にはそう思われてる」

「おとうさん、いいかげんにして！　どっちみちコンクールなんて関係ないよ。締《し》め切《き》りのあとに出したから、きっとゴミ箱に捨《す》てられてるよ」

11

Girls cry when their dreams come true!

女の子は夢がかなうとき涙が出ちゃう

ああ、もう死にそう。体じゅうどこもかしこも熱いのに、震《ふる》えが止まらない。鼻はガビガビ、のどはカラカラ、頭はガンガン、胸《むね》はズキズキ。絶対《ぜったい》に重病、肺炎《はいえん》まちがいなし。たぶんダブルで。それかトリプルかも。あれ？　肺ってふたつしかなかったっけ。ふたつの肺が、風船並《な》みにふくらんで、今にも破裂《はれつ》しそうだ。

ところがウチのみんなは、エッグの風邪《かぜ》がうつっただけだという。そんなはずない。ただの風邪で、ここまで具合は悪くならないはず。それなのにだれも、これっぽっちも同情《どうじょう》してくれない。昨日《きのう》も無理矢理学校に行かされた。まったくひどい話だ。しかも行ったところで時間のムダだ。授業《じゅぎょう》には集中できないし、ホッケーなんて、コートを横切るのさえやっとだった。たしかに、ホッケーはふだんからサボりがちだし、下手《ヘタ》クソだけど。マジで具合が悪い証拠《しょうこ》に、いちばんの得意科目の美術《びじゅつ》さえマトモにできなかった。

美術ではあいかわらず静物画の授業が続く。わたしとしては動きのある絵――マンガとか――のほうがずっと好きだ。美術のウィンザー先生は、わたしたちになんとか興味《きょうみ》を持たせようと一生懸命《けんめい》だった。十七世紀のスペインの作品で、糸でつるしたキャベツを描《えが》いたおもしろい絵を見せてから、美術室の天井《てんじょう》に本物のキャベツをわんさかつるして写生させた。マグダが、隣《となり》同士ぶつけたら、順番に、ドン、ドン、ドンと、振《ふ》り子《こ》みたいに行ったり来たりするかな？　といいだした。結果は、糸がすっかり絡《から》まっただけだった。ウィンザー先生には、キャベツのかわりにきみたちの頭を切り落としてぶらさげてやるぞ、としかられた。

しかたないからいちおう、、、は努力してみた。マグダは、キャベツがクサくて気分が悪くなるとモンクをいう。わたしは、鼻がガビガビでなんのにおいもわからない。気分が悪いのはもともとだ。どんなに一生懸命描《けんめいか》こうとしても、キャベツが巨大《きょだい》なバラになってしまう。すっかりやる気をなくしたから、子ウサギが後ろ足で立ち、よだれをたらして口をあけ、目の前のごちそうにとびつこうとしているイラストを描き加えた。マグダとナディーンにはけっこうウケたけど、ウィンザー先生は喜ばなかった。

「エリーが創意《そうい》あふれるイラストレーターだということは認《みと》めるよ。だけど、ちょっとつまずくと、すぐイラストに逃《に》げるのはワンパターンだぞ」

「ガーン！」マグダが茶化した。

「マグダ、いいかげんにしなさい！　とにかく、きみたち三人は調子に乗りすぎだ。これ以上ふざけると、席をはなすからな」

「あたしたちを引《ひ》き裂《さ》くなんて、できっこないね」マグダは先生に聞こえないようにいった。

「さあエリー、ウサギを消して、キャベツをよく見て。葉の素材感《そざいかん》がぜんぜんつかめてない。しおれてるみたいだぞ」

わたしのほうこそしおれてる。学校にいるあいだじゅうずっと。今日はラッセルと出かけるのもおっくうだ。ナディーンはマグダの家で、ビック・マックのパーティに着ていく服の相談をするらしい。ナディーンはパーティに来る男《コ》にはまるで興味《きょうみ》がない。今もザナドゥ・ファンのエリスとのメールに夢中《むちゅう》だ。それでもパーティにつき合うのは、マグダが気の毒だからだという。

「マグダ、わたしもいっしょだからね」といってみた。存在《そんざい》を無視《むし》されてるようで、なんだか傷《きず》ついてしまう。

「だけど、あんたはひと晩《ばん》じゅう部屋の隅《すみ》でラッセルとイチャついてるでしょ」

「そんなことないよ。っていうか、ずっ、と、じゃないから。ダンスもあるらしいし」

「へえ、ラッセルって踊《おど》れるの？」

わたしはナディーンをにらみつけた。

「ゴメン、ゴメン！」ナディーンがあせってる。

仲直りはしたけど、いまだになにかが引っかかる。ナディーンがこっちを見るたび、どうしても、「このデブ」って思われてるような気がしてしまう。

今までずっと、マグダとナディーンを同じように好きだといってきた。だけどホントのところは、ナディーンのほうが、ほんの少しよけいに好きだったと思う。理由は単純《たんじゅん》。ナディーンとは四歳《さい》からの友だちで、いつもいっしょだったから。だけど最近では、マグダのほうがちょっとやさしいと思ってる。ナディーンはときにものすごく意地悪になる。それに、大胆《だいたん》すぎてこわいところもある。リアムとつき合ってたときも、正直バカだと思った。

クローディアのコンサートに行ったときにも、あやしい三人組の車に乗るといいはった。そして今度は、どこのだれとも得体の知れないヤツに、プライベートなことをアレコレ教えたりして……。

仲直りしたあとで一度だけ、やっぱりあぶないよ、と説得を試みた。だけど笑いとばされてしまった。最近はナディーンに笑われてばかりだ。たぶんラッセルとつき合いはじめてから。ヒトのことを、「退屈《たいくつ》なオバサン」あつかいして相手にしない。そんなのどう考えてもおかしいのに。

ゆうべは、ラッセルといても楽しくもなんともなかった。ヒトが調子悪いのに、なにがなんでも近未来SF映画《えいが》を見るという。ヘルメットに上半身裸《はだか》の男が大勢《おおぜい》出てきて、指先一本で人を殺す。女性《じょせい》はほとんど出てこない。シースルーのネグリジェかなんかを着て、キャーキャーキャーさけぶだけのおろかな若《わか》い女が何人かと、「邪悪《じゃあく》の象徴《しょうちょう》」みたいな老婆《ろうば》がひとりだけ。老婆《ろうば》は、結局ヘビの海にしずんだ。わたしにいわせれば、どうしようもないサイアクな映画《えいが》だけど、ラッセルはひざをたたいて喜んでる。そして、わたしが映画のあいだに、ブツブツいったり、ため息をついたり、鼻をグスグスいわせるたびににらみつける。

映画のあとには、長々と原作のカルト・コミックの解説《かいせつ》が始まった。

「エリー、もっと興味《きょうみ》をもたなきゃ。将来《しょうらい》イラストをやりたいんだろ？　今いちばん注目を集めてるのは、コミック誌《し》なんだ。子ネズミの絵本なんて、だれも興味もたないよ」

これはさすがにムカついた。おかあさんとわたしに対するひどい侮辱《ぶじょく》だ。わたしはおやすみのキスもせず、ラッセルに背《せ》を向けた。どっちみち、向こうもしてほしくはなかっただろう。くちびるはガサガサ、鼻はまっ赤で、しかもひっきりなしにすすってる。どんな情熱的《じょうねつてき》なカレシ――ラッセルがそうだ――の欲望《よくぼう》も冷めるというものだ。

男の子ってさっぱりわからない。さっきまでヒトを見下《みくだ》して、アーしろ、コーしろといばりちらし、「あなたってステキ」といわせようとしていたかと思うと、突然《とつぜん》打ってかわって、この世でサイコーの妙《たえ》なる存在《そんざい》のように崇《あが》めまつる。それも、胸《オッパイ》があるというだけの理由で。そんなの、世界の人口の半分の体の前面にふたつずつくっついてる単なる付属《ふぞく》物《ぶつ》じゃない、失礼しちゃう。

もっと友だちとしてつき合いたい。マグダやナディーンみたいな。もっとも最近のナディーンは、あまり友好的とはいえない。あの子は小さいときから気分屋のところがある。マグダがいつも明るく楽しい、元気のかたまりみたいなタイプで助かった。マグダにも、男の子やメイクやファッションの話をしすぎる、という難点《なんてん》はあるけど、それ以外では、あの子ほどいっしょにいて楽しい友だちはいない。

昨日《きのう》も、わたしの風邪《かぜ》を気づかって、おかあさんお手製《てせい》のライムチーズケーキを持ってきてくれた。カロリーが高いからと、いちおう遠慮《えんりょ》はしたけど、ムダだった。

「エリー、ライムだよ。ビタミンCたっぷり。風邪《かぜ》にいちばん効《き》くんだ。ケーキじゃなくて薬だと思って、カロリーのことは忘《わす》れな！」

こういわれてはことわりようがない。チーズケーキでおなかがふくれると、たしかに気分もよくなった。マグダのママは料理の天才だ。以前はアンナもおいしいものを作ってくれた。でもこの数か月というものは、ほとんど料理らしい料理はしていない。冷凍《れいとう》食品を電子レンジで温めるのがせいぜいだ。だけど、デザインの仕事があれほど忙《いそが》しいときに、どうして料理までできる？　マグダのママの場合は話がちがう。マグダのパパといっしょにレストランをやってるから、料理は仕事の一部だ。両立も問題ない。

ウチは、あいかわらず問題だらけだ。朝ごはんの最中でさえ、おとうさんとアンナのいい合いが聞こえてくる。エッグもなにかわめいてる。

今日はもう起きないと決心した。というよりは、とても起きだせそうにない。マジで具合が悪い。とうとう重病になってしまった。

わたしは上掛《うわが》けを頭の上までかぶって暗いなかでまるまり、深呼吸《しんこきゅう》した。ドアがノックされるまでしばらくうとうとしてたみたい。顔をのぞかせると、アンナが、トレーにオレンジジュースとコーヒーとクロワッサンとぶどうをのせて入ってきた。

「おはよう。病人さんスペシャルよ」

「わー、うれしい」ガラガラ声でお礼をいうと、ベッドに座《すわ》り直して眠《ねむ》い目をこすった。

トレーの上に手紙が一通。「これは？」

「ラッセルからじゃない？」

「ちがう。ラッセルはもっと字がクネってる」封筒《ふうとう》をあけてみる。手紙を開き、メガネをかけて、読みはじめた。読むうちに手が震《ふる》えてきて、手紙がブルブルゆれる。

差し出し人はニコラ・シャープ。「楽しいファンキー・フェアリー」シリーズの作者で、すばらしいイラストレーターだ！　小さいころは「レインボー・フェアリー」シリーズを全部そろえてた。四歳《さい》のころは、ウルトラ・バイオレットという紫色《むらさきいろ》の小さい妖精《ようせい》が大のお気に入りで、自分もバイオレットのまねをして、靴下《くつした》からブルマにいたるまでパープルの服ばかり着ていたほどだ。

Dear エリー

わたしは「子どもイラストコンクール」の審査員《しんさいん》のひとりです。まず、あなたの作品が入賞しなかったことをお伝えしなければなりません。最終選考はまだですが、作品の到着《とうちゃく》が締《し》め切《き》りの一週間後だったこと、正式な応募《おうぼ》用紙を使用していないことが理由です。わたしにはとるに足りないことですが、スポンサー側はこれらの規《き》定《てい》に厳密《げんみつ》で、あなたの作品は（締め切り後に到着したほかの作品同様）審査の対象からはずされました。

今回のようなケースは残念ではありますが、いつもですとすぐに忘《わす》れてしまいます。ただ、わたしはマートル・マウスを忘れることができないのです。わたしはこれまで、多くの子どもや若者《わかもの》の作品を目にしてきました。なかには、多くのすぐれた作品もふくまれていました。けれども、あなたのマートル・マウスは群《ぐん》をぬいてすばらしいオリジナル作品です。マートルがわたし自身の作品だとしても、ほこりに思うでしょう。

将来《しょうらい》、ぜひ、すばらしいイラストレーターになってください！

愛をこめて
ニコラ・シャープ

わたしは突然《とつぜん》大声でさけび、おどろいたアンナは持っていたトレーの上のコーヒーをこぼした。「エリー、だいじょうぶ？　いったいどうしたの？」

「アンナー！」今度は涙《なみだ》があふれだした。

おとうさんとエッグも走ってきた。「エリー、どうした？　やけどでもしたか？」おとうさんが大声を出した。

アンナはトレーをおいて手紙を読むと、わたしをだきしめた。「やったわ、すごいじゃない！　ニコラ・シャープがエリーに手紙をくれたのよ！」アンナは手紙をおとうさんにわたした。

「ニコラ・シャープ！　ラズベリー・レッド・フェアリーを描《か》く女の人でしょ？　ラズベリー・レッド・フェアリーはこんなふうに、ラズベリーを口からいっぱい出すんだよ」エッグはごていねいに実演《じつえん》までつけた。

おとうさんがアレコレたずね、アンナは笑いが止まらず、わたしは涙が止まらない、そしてエッグはラズベリーの実演をする。みんながせまいわたしの部屋に集まって、まるで元の幸せな家族にもどったみたいだ。アラード家の四人がひとつになって……。だけどおとうさんのせいでおしまいになった。おとうさんは手紙を読みながら何度も首を横にふり、読み終わると「よかったな」とひと言いった。

「よかったな？　それしかいってあげられないの？」アンナが口をはさんだ。「どうしたのよ。すごいじゃない！　ニコラ・シャープは、何百もの、もしかしたら、何千もの応募《おうぼ》作《さく》からエリーの作品を選んでくれたのよ！　しかもマートル・マウスが自分のものだったら、とまでいってくれた！」

「だがマートル・マウスはエリーのアイディアじゃない。最初に考えたのはロスだ」

しばらくだれもなにもいわなかった。おとうさんはめったにおかあさんのことを口にしない。それが名前で呼《よ》ぶなんて。たったひと言に、深いやさしさと哀《かな》しさがこめられている。アンナは一瞬《いっしゅん》傷《きず》ついたような顔をした。

わたしはおとうさんをにらみつけた。幸せだった気分はどこかへ行ってしまった。忘《わす》れかけていたインフルエンザ並《な》みのツラさがドッともどってきた。体じゅうが痛《いた》い。

「エリーのマートル・マウスはオリジナルだわ。あなたにもわかるでしょ！」アンナがピシャリといった。

おとうさんはニコラ・シャープの手紙に目を落とすと、「オ、リ、ジ、ナ、ル、ね……」とひと言いった。

それ以上いう必要はない。わたしにも、おとうさんのいいたいことはわかる。だからといって納得《なっとく》はできないけど。

アンナはものすごい勢《いきお》いで怒《おこ》った。なにがなんでもおとうさんがまちがってるといってゆずらない。

「くだらないセーターが成功したせいで、なにもかもあなたのお気に召《め》さないのはよーく存《ぞん》じてます。でもこれは、わたしじゃなくて、かけがえのない娘《むすめ》のことよ。娘の才能《さいのう》が認《みと》められたのも喜べないほど心がせまいなんて、信じられないわ」

おとうさんが息をのんだ。アンナは怒《いか》りのあまり息があがって、顔もまっ赤だ。エッグはおびえきって、わたしの手をにぎった。わたしもぎゅっとその手をにぎり返した。だれかにつかまらずにはいられない。

なにもかも台無しだ。おとうさんのいうとおり。最初にマートルを考えたのはたしかにわたしじゃない。ただ、マートルは自分のものだと感じてしまったのだ。

だれかに伝えたい。マグダに電話した。あの子、週末はよく遅《おそ》くまで寝《ね》てるから、ずいぶん待った。マグダの朝寝坊《あさねぼう》はいつものことだ。毎朝学校に遅刻《ちこく》しないように、ママがやさしく起こしてくれる。十二時まで待ってかけてみた。この時間なら、さすがのマグダも起きてるよね？

ところが逆《ぎゃく》に遅《おそ》すぎたみたいで、マグダはもう出かけたあとだった。

「ナディーンの家にいるはずよ」と、マグダのママが教えてくれた。

「そうですか。じゃあ結構《けっこう》です」

「エリーもよってみたら？」

よってみる？　誘《さそ》われてもいないのに？　土曜の朝に会うなんて、わたしには教えてくれなかった。いつも「三人いっしょ」のはずなのに。あの人たちにとって、「いっしょ」というのは「ふたり」という意味だ。マグダとナディーンは、きっとわたしの知らないところで秘密協定《ひみつきょうてい》を結んでる。

なにも気づかないふりして、ナディーンちに行く？　でも、ふたりで顔を見合わせてヒソヒソやって、わたしをオジャマ虫あつかいしたら？

そんなの絶対《ぜったい》ガマンできない……。どうして突然《とつぜん》こんなことになったんだろう？　わたしを仲間に入れてくれないつもりだ。

あんな人たちは、もうどうでもいい。わたしをいちばんに思ってくれる人がいる。だれよりもわたしを愛してくれる人。

指輪を手でたしかめて、ラッセルに電話をかけた。

12

Girls cry when
their boyfriends betray them

女の子はカレシに裏切られたとき
涙が出ちゃう

パーティは最大のまちがいだった。そもそもビッグ・マックはムシが好かない。あんなヤツ、ただ体がデカくて、下品で、カッコつけてるだけだ。うぬぼれと思いあがりで頭までふくれあがってる。たしかに、経済的《けいざいてき》には自慢《じまん》のしがいもありそうだ。ビッグ・マックの家は四階建ての巨大《きょだい》なジョージア風住宅《ふうじゅうたく》で、お屋敷《やしき》という言葉がふさわしい。なかの家具もホントに豪華《ごうか》、まるでインテリア雑誌《ざっし》に入りこんだみたいだ。

ビッグ・マックの両親は、さっさとどこかへ消えてしまった。中国製《せい》の高級な陶磁器《とうじき》の上でタバコの火をもみ消すヤツとか、トルコ製の絨毯《じゅうたん》に吐《は》くヤツがいませんように。お酒が大量にあるから、その可能性《かのうせい》はかなり高い。少しだけアルコールの入ったフルーツパンチとビールくらい？　と思ったのは甘《あま》かった。そこらじゅうウォッカのビンだらけで、男の子たちは透明《とうめい》な液体《えきたい》をまるでミネラルウォーターみたいに、がぶ飲みしてる。それにしても男の子ばっかり。やけにメイクをぬりたくって、なれないヒールでよろけてる若《わか》い女の子が何人かいる。メイクをとったらたぶんまだ小学生だ。きっとだれかの妹なんだろう。パーティに行きたくて、必死に背《せ》のびしてるのが見え見えだ。わたしと同い年ぐらいの女の子もいるにはいるけど、はっきりふたつのタイプに分かれる。ひとつ目は、小さなトップスからオヘソのリング・ピアスをのぞかせ、男の子以上になれた手つきでウォッカを流しこんでる、コワイ系《けい》のタイプ。ふたつ目は五十年代からまぎれこんできたようなタイプで、フリフリのパーティ・ドレスを着こんでる。

マグダとナディーンは、こんなパーティに誘《さそ》ったことを、さぞや怒《おこ》るだろう。それにしても、ヒトをのけ者にしてふたりで会ってたことは許《ゆる》せない。

わたしはラッセルにも腹《はら》を立てている。いっしょに肘掛椅子《ひじかけいす》に座《すわ》らされ、せまいところでわざとらしくヒトの体に腕《うで》をまわして、友だちに「オレのオンナだ」って見せびらかしてるみたいだ。そのくせ、わたしに対しては不満だらけ……。わたしだって、今夜のためにできるだけの努力はしたつもりだ。クローゼットの服の四分の三を着ては投《な》げ捨《す》てた。思いあまってアンナのクローゼットまであさり、ゆったりとしたシルエットの真紅《しんく》のベルベットのワンピースも試着してみた。アンナにゆったりでもわたしにはキツキツだ。それに、いかにもオシャレしましたって感じだ。

気合いが入って見えるのをさけて、結局ビッグセーターにした。アンナのデザインではない、シンプルな黒で胸元《むなもと》は深めのVネック。ちょっとあきすぎだから、同じ黒でベストっぽいのを下に着て。お次は苦労してブラックジーンズをはいた。着るたびにキツくなってる。でもまだなんとかファスナーがあがった。最後に黒の細身のブーツをはいた。おかげで足が痛《いた》むけど、におうとイヤだから、ぬぐわけにもいかない。

自分ではけっこうイケてるつもりだった。とくにこのひどい風邪《かぜ》のことを考えれば。だけどラッセルは、ひと目見た瞬間《しゅんかん》から、まったく気に入らないらしい。

「エリー、したくは?」

「もう着がえてるけど……」思わず声がとんがる。

「そっか……じゃあ行こう」ラッセルはシャツのえり元が気になるみたい。

「そのシャツ、オニュー? すごくイイよ」じつは本心じゃない。シルクっぽいスベスベ・テロテロ系《けい》は趣味《しゅみ》じゃない。ただお世辞《せじ》でいっただけ。

「シンシアからなんだ」ラッセルもなんだか着心地《きごこち》が悪そう。「自分ではイマイチだと思うけど」

「ううん、ステキだよ」

ラッセルからはコメントがない。

「わたしは？」

「え？　うん。いいんじゃない？」あきらかに不満そう。

「もしかして、カジュアルすぎた？」そんなことないっていってほしかったのに、ダメだった。

「いちおうはパーティだろ？　もうちょっと派手《ハデ》でもいいと思うけど」

コイツ、けとばしてやろうか？　「ハデハデ系《けい》はダメなの知ってるくせに。ラメのビキニに、ティアラでもしろっていうの？」

「怒《おこ》らなくてもいいだろ。たとえばスカートとか、ヒールの靴《くつ》とかさ？　少しくらい足を見せてもいいかなと思っただけさ。とにかく、行こう」

だけど、こっちにはまだききたいことがある。

「今度はなに？」

「ニコラ・シャープからの手紙は見たくないの？」

「電話で読んでくれただろ？　おめでとう！」そういって頰《ほほ》にキスしてくれたけど、親戚《しんせき》のおばさんにする形だけのキスみたい。

なにこれ？　ラッセルなら、きっといっしょに喜んでくれるって信じてたのに。電話で報告《ほうこく》したときだって、ろくになにもいってくれなかった。おとうさんのように、マートルは純粋《じゅんすい》なオリジナルじゃないから、厳密《げんみつ》にはわたしの作品じゃないと指摘《してき》することもしない。こっちがさんざんしゃべりつづけてひと息つくころに、やっとひと言、「よかったね」といいはしたけど、なんの感動もない声で、どうでもいいようにしか聞こえなかった。もしラッセル自身がニコラ・シャープから個人的《こじんてき》に手紙をもらって、作品をほめられ、「これからもがんばって」とはげまされたら、絶対《ぜったい》大喜びするに決まってるのに。

わたしならラッセルのために心の底から喜んであげる。そもそもわたしは審査対象《しんさたいしょう》からはずされ、入賞もしていない。ラッセルにはこれから入賞する可能性《かのうせい》もあるわけだ。

「コンクールではきっと賞がもらえるよ」ラッセルの友だちを意識《いしき》してピッタリよりそい、せいいっぱい愛想よくいってみた。

「いつからそんなにエラくなったんだよ？　もうその話はいいから」ラッセルはヒトをシーッと黙《だま》らせておいて、いきなり乱暴《らんぼう》にキスしてきた。舌《した》をのどにつっこむ勢《いきお》いだ。まわりのヤツらが喜んでさわぎたてる。わたしは完全に腹《はら》を立て、身をよじらせてラッセルを押《お》しのけた。

「もどってこいよ」ラッセルが耳元でささやいてるけど、冗談《じょうだん》じゃない。

「もう一度やったら、舌をかみ切ってやるから！　バカな友だちにカッコつけようと思って、ベタベタしないでよ。ヒトをなんだと思ってんの！」まわりに聞こえないように小声でいったのに、ジェスチャーでバレたみたい。

「オヤーッ？　ラブラブカップルがケンカだぞー！」ビッグ・マックがふざけて下品な声をあげ、意味ありげにはやしたてた。

「いいかげんにして！」わたしは椅子《いす》からおりると飲み物をとりに行った。ウォッカ――飲むのは初めてだ――。おそるおそる口をつけた。思ったよりまずくない。とくにトニックウォーターといっしょだと、ぜんぜんだいじょうぶだ。どっちかというと、味がない。あっという間に一杯目《ぱい》を飲《の》み干《ほ》すと、二杯目に口をつけた。

こんなことやめたほうがいいのは百も承知《しょうち》だ。だけどかまうもんか。あやまってくるまで、ラッセルのところにはもどらない。向こうもそんな気はないみたい。わざとらしくヒトを無視《むし》して、ビッグ・マックやまわりの連中と下品なジョークをいい合っている。くだらないことで大笑いして、ウンザリするほどガキっぽい。ナディーンがいうとおり、十一年生なんかとつき合うのはやめたほうがいいのかも。

ナディーンとマグダは来ないかもしれない。そのほうがかしこいというものだ。待って！　玄関《げんかん》から、ふたりの声とナディーンの銀の腕輪《うでわ》がジャラジャラいう音が聞こえる。

リビングに姿《すがた》をあらわすと、ウォーッと歓声《かんせい》があがった。ふたりとも赤くなりながら、必死でさりげなくよそおっている。ふたりのファッションは、サイコーだ。ナディーンは、タイトな黒いレースのトップスに、すそがななめになっている個性的《こせいてき》なデザインのスカートを合わせ、バックルのついた細身のブーツでキメている。マグダのほうは、真紅《しんく》のオフショルダーのセーターと光る素材《そざい》の黒い超《チョー》ミニ、黒の網《あみ》タイツとハイヒールがキマってる。

「あのふたりがエリーの友だち？　ラッセル、選ぶ女をまちがえてないか？」ビッグ・マックは、信じられないといわんばかりだ。

こっちの顔にも火がつきそうだ。気持ちを落ち着かせるために、またウォッカを飲む。

ラッセルはひと言もわたしをかばおうとしない。どうせビッグ・マックと同じことを考えてるにちがいない。

あんなヤツ知ったことか。こっちこそ選ぶ男をまちがえた。ここにいるヤツは、みんなそろってサイテーだ。さっさとナディーンとマグダのところに行って、女の子だけで楽しもう。

ところがなかなか思いどおりにはいかない。マグダとナディーンはさっそく大勢《おおぜい》にとりかこまれてしまった。ビッグ・マックは、ちゃっかりいちばん目立つところにいる。なかなか前に行けないから、とびあがってみんなの肩《かた》ごしに話そうとした。声が届《とど》くように大声でさけんだとたんにCDが止まって、静かな部屋にわたしの声だけが響《ひび》いた。なにコイツ？　という視線《しせん》が集まる。

「エリー、だいじょうぶ？」取《と》り巻《ま》きをかき分けて、マグダが人のいないほうにわたしを引っぱっていった。

「顔がまっ赤よ」ナディーンも来た。「目もヘンだわ。酔《よ》ってるの？」

「ちがうよ。一杯《ぱい》飲んだだけ。もう一杯くらい飲んだかも」ウォッカのグラスを持ちあげて見せると、中身が勝手にこぼれて、わたしのサエないウールのそでやありふれたジーンズをぬらした。

「ウォッカじゃないの！」ナディーンが顔をしかめた。「どう見ても、二杯以上飲んでるわよ。気をつけないと」

ナディーンにだけはお酒のことをいわれたくない！　「よっけーなお世話だヨ〜！」

「ねえ、マトモにしゃべれてないよ！」マグダがいう。

「そんなことないってー！　もー、ふたりして、絡《カラ》まないでヨ〜。さー、踊《おど》ろ！　早くしてー」

「ラッセルはいいの？」マグダがチラッとラッセルのほうを見た。向こうもしかめっ面《つら》で、座《すわ》ったままウォッカをあおってる。

「ラッセルがどーしたってのよ？　あたし、アイツのもんじゃないしー。ぜーんぜん、そんなんじゃないからー。どーせダンスもできないしー」

これはホント。ラッセルは、スローな曲ならなんとか踊れる。立ってだき合い、ただ体をゆらすヤツ。だけどアップ・テンポなのやハードロックっぽい曲だと話にならない。無理に誘《さそ》えば踊りはしても、ただ風車みたいに腕《うで》をふりまわすだけで、どうにもカッコがつかない。こっちまで恥《は》ずかしくなる。ナディーンとマグダの前では絶対《ぜったい》踊ってほしくない。きっと徹底的《てっていてき》にあきれられる。

わたしだってたいして踊れるわけじゃない。フツーだ。でも、ビートに乗って体を動かすくらいはできる。鏡の前で、さりげなくカッコよく見えながら、なるべく自然に見えるように練習した。でも、ほかの子にくらべれば、まだまだだ。

ナディーンは踊《おど》るととびきり目立つ。ゾンビ並《な》みの完全な無表情《むひょうじょう》、あやしげな雰囲気《ふんいき》、手をペッタンコのおなかにおいて、微妙《びみょう》に体をゆらすのが、なんともセクシーだ。ただし、セクシーさではマグダに負ける。マグダは三歳《さい》からダンスをやってるから、どんなステップも思いのままだ。でもそれ以上にサイコーなのが、踊っているときのマグダの表情だ。腰《こし》を使い、形のいいヒップをゆらして踊りながら、長いまつげごしに目線を落としたかと思えば、突然上目《とつぜんうわめ》づかいに髪《かみ》をかきあげるのが超《チョー》セクシーだ。わたしなんかがまばたきして、すごいちぢれ毛をふり乱《みだ》し、巨大《きょだい》なオシリをゆすったら、みんなおなかをかかえて笑うだろう。

だけど今の気分は笑うどころじゃない。泣きたい気分だ。マグダとナディーンといっしょにいても、仲間ハズレに思えてしまう。自分のことが好きになれない。もうひとりのわたしが、だれの目にも止まらない気の毒な太った女の子を見て哀《あわ》れんでる。ラッセルもイヤな顔でこっちを見て、きっと同じことを考えてる。

見た目がすべてじゃないことくらいはわかってる。わたしも、ほかのだれもが知っている。音楽が止まったら、ナディーンとマグダにニコラ・シャープがマートル・マウスを気に入ってくれた話を聞かせよう。ダメ。それも落ちこんでしまう。あんなふうに、おかあさんのアイディアを盗《ぬす》んだといわれては……。こんなとき、おかあさんがいてくれたなら。いつまでもおかあさんを忘《わす》れられないのは、ツラすぎる……。

気分直しにまたウォッカを、今度はビンから直接《ちょくせつ》飲んだ。ちっとも気分は直らない。反対にひどく気持ち悪くなった。まずい。トイレに急がなきゃ。だけど、どこ？　部屋はぐるぐるまわり、どっちの方向に行けばいいのかわからない。急がないと、みんなの前で吐《は》いてしまう……。

「エリー?」ラッセルが駆《か》けよる。わたしは強く引っぱられてよろめいた。マグダがわたしの片方《かたほう》の脇《わき》をしっかり支《ささ》え、ナディーンがもう片方をかかえて、急いで部屋の外へつれだした。

「ラッセル、ここはまかせて」

なんとかトイレにたどりついてずいぶん長く吐《は》くあいだ、ふたりはドアで見張《みは》ってくれた。わたしがやっと落ち着くと、今度は顔をふいて水を飲ませ、だれかの寝室《しんしつ》につれていってくれた。ビッグ・マックの部屋じゃありませんように。わたしはベッドに横になり、コートをかけてもらった。震《ふる》えがまだ止まらない。

「エリー、なんにも考えずに目をつぶんな。ちょっと寝《ね》たほうがいいよ」

「そうそう、眠《ねむ》ったら楽になるわよ」

「ふたりとも、なんでそんなにやさしいの? もうわたしのこと好きじゃないのかと思ってた……」わたしは情《なさ》けない声で、もそもそいった。

マグダが髪《かみ》をなぜ、ナディーンがコートでくるんでくれる。そしてふたりとも、「なにいってるの」「エリーのことが大好きだよ、親友でしょ」といってくれた。なんてすばらしい友だちだろう。

ラッセルとわたしはつき合っている。本当なら、ラッセルが心配してめんどうみてくれるはずだ。指輪もくれたのに。今は近くに来ようともしない。きっともう、わたしのことなんかどうでもいいと思ってる。いちばん必要なときそばにいてくれるのは、やっぱり女友だちだ。信じられるのも……。

いつのまにか眠ってたみたい。しばらくして、だれかがコートを引っぱった。わたしはうめいてコートにしがみつく。

「エリー、はなして。わたしのよ!」ナディーンが小声でいった。「もう帰るから。こんなパーティもうたくさん。子どもしかいないもの」

「マグダは？」

「まだいる……。お楽しみ中よ」どこか引っかかるいい方だ。「エリーはもうしばらく寝《ね》てたほうがいいわ」

ナディーンがかがんで肩《かた》をだいてくれた。きらわれたわけじゃなくてよかった。それでもナディーンは帰ってしまう。マグダのほうは、最後までつき合ってくれるみたい。ラッセルと気まずくても、マグダと帰ればいい。

わたしは何度も指輪をまわして、気持ちを静めようとした。少し状況《じょうきょう》を整理しなければ。わたしも考えが足りなかった？　ラッセルだって生身の人間だ。ヤキモチもやく。こっちからあやまって、仲直りしたほうがいいのかも。今日のラッセルはたしかに意地悪だったけど、わたしも似《に》たりよったりだ。

ウワッ！　頭が……！　起きあがろうとしたとたん、ものすごい痛《いた》みに襲《おそ》われ、もう一度横になった。また吐《は》きそう。もう、二度とウォッカなんて飲むものか。

ベッドのはしにつかまってじっとしていると、今度は部屋がグルグルまわりだし、胃袋《いぶくろ》が大きくうねりはじめた。マズい！

なんとかベッドをはいだすと、まっ暗ななかを手さぐりでドアまで進む。夢中《むちゅう》でだき合うカップルに何度もつまずきながら、階段《かいだん》の踊《おど》り場《ば》を急いで、ぎりぎりセーフでトイレに駆《か》けこんだ。ほかにもだれかが吐いたらしく、ひどくよごれてる。わたしだと思われたくない。

なんとかマトモに便器に吐いたけど、モジャモジャの髪《かみ》の毛がじゃまになる。万一髪がよごれてたら……？　急に心配になったから、今度は流しに頭をつっこんで冷たい水で髪を洗《あら》った。ビショビショになったおかげで、少しは酔《よ》いもさめた。何度タオルでふいても、寒さで震《ふる》えが止まらない。コートを探《さが》さないと。どっちみちコートは必要だ。もう家に帰らなきゃ。そう、ラッセルとマグダといっしょに。ふたりを探そう。

わたしはよろよろとトイレを出た。五分ぐらい前から、だれかがドアをドンドンたたいてる。

「長々となにしてんだよ？　風呂《ふろ》にでも入ったのか？」そいつは、わたしのぬれた髪《かみ》に気づいた。「マジかよ、ヘンなヤツ！」

わたしはそいつを押《お》しのけてマグダとラッセルを探しに行った。かなり気をつけて通らないと、踊《おど》り場《ば》じゅうカップルだらけだ。これじゃ電気はつけられない。二階《うえ》で寝《ね》てるあいだに、女の子がずいぶんふえたみたい。ビッグ・マックや仲間のヤツらはラッ、、、、キーしたというわけだ。

階段《かいだん》にも熱烈《ねつれつ》にキスしてるカップルがいた。どうやって通ろう？　だき合って横になり、階段を完全にふさいでるから、またぐしかなさそうだ。

「失礼！」うっかり手をふんだ。相手がうめいた。

あわてて「ゴメンなさい」といい、進もうとした瞬間《しゅんかん》、わたしは凍《こお》りついてしまった。

聞き覚えのある声。見覚えのある手。

ラッセルだ。

わたしのラッセルがだれかとだき合って、キスしてる。

頭からもう一度さっきの冷たい水道の水をかけられたみたい。立ったまま動けない。ラッセルも一ミリも動こうとしない。

女の子のほうは、まだわたしに気づかない。さっきよりもピッタリくっつくと、ラッセルをゆさぶった。「どうしたの？　ラッセル！　寝ちゃったの？」

なんてこと……。

信じられない……。
マグダの声だ……。

13

Girls cry when their hearts are breaking, breaking, breaking

女の子は大失恋したとき涙が出ちゃう

わたしはつまずきながらもふたりを乗りこえ、必死で階段《かいだん》を駆《か》けおりた。ラッセルの呼《よ》ぶ声がする。「どうしよう、どうしよう……」とあわてるマグダの声も聞こえる。大勢《おおぜい》の酔《よ》っぱらいを乱暴《らんぼう》に押《お》しのけ、玄関《げんかん》に向かう。わたしだって、ただのバカな酔っぱらいだ。外に出たとたんによろめいた。立っているのもやっとだ。でも走らなきゃ。追いつかれて、顔を合わせ、話をする……そんなことにでもなったら死んでしまう。

もう、生きてはいられない。

マグダ……。

親友なのに……。

どうしてこんなことを……？　どうしてラッセルとあんなふうにキスできるの？　どうしてヒトのカレシとあんなふうにだき合えるの？　もう何週間ものあいだ、わたしはラッセルに夢中《むちゅう》で、ラッセルのことばかり話してたのに。

ラッセル……。

わたしたち愛し合ってたんじゃなかったの？

いつもいっしょにいて、いろんなことをささやいて、いろんな約束をして、思い出もいっぱいなのに……どうしてマグダにキスできるの？　しかも、大勢のなかから、よりによって、どうしてわたしの親友と？

ナディーンは知っていた。だから先に帰ったんだ。きっとかかわりたくなかったんだ。

ラッセル……あんなにマグダの悪口をいってたのに。わざとらしいとか派手《はで》だとか、ひどいこといっておきながら、ホントはひそかにマグダが好きだったのかも……。

そういえばマグダをパーティに誘《さそ》ったのも、ラッセルにたのまれたからだった……。なにもかも計画どおり？　わたしはラッセルの計算どおり、酔《よ》って寝《ね》てしまった。まだ酔いが残ってる。暗い道をよろよろ歩く。どこへ行くつもりなのか、自分でもわからない。なにも考えられない。心のなかでは、さっきからずっとショックでさけび続けてる。これ以上自分を押《お》さえておくことはできそうにない。悲しいうめき声が口からもれた。イヌの散歩中のおばさんが、街灯の下でわたしに気づき、心配そうに声をかけてくれた。「だいじょうぶです」と答えはしても、涙《なみだ》が滝《たき》のように流れてるから、だいじょうぶじゃないのはあきらかだ。

ラッセルは、わたしのことを本気で好きなんだと思ってた。マグダじゃなくて、わたしが好きだと信じてた。指輪もくれたのに……安物の、マンガ雑誌《ざっし》のフロクの指輪……。乱《らん》暴《ぼう》にはずそうとしたから、指が痛《いた》い。思いきり遠くに投げ捨《す》てる。指輪は、通りの向こうの、まっ暗などこかへ消えていった。

　指輪といっしょに、わたしもどこかに消えてしまいたい。もう「わたし」を演《えん》じるのは疲《つか》れた。なにもかもウマくいかない。たよれるものなんて、なにひとつない。おとうさんにも見捨てられた。アンナとエッグとわたしをおいて、今にも出ていってしまいそう。大好きな美術《びじゅつ》も、助けにならない。オリジナルじゃないから。ラッセルもいない。今までだって、本気でなんか愛してなかったんだ。もし愛してたなら、こんなふうには裏切《うらぎ》らないはず。そしてなによりツラいことに、親友までなくしてしまった。ナディーンに愛想をつかされ、マグダには……ああ、マグダ、マグダ、マグダ……。どうしてこんなことを？

　涙にかくれてなにも見えない。いつのまにかにぎやかな場所に出た。歩くたびにだれかにぶつかり、どなられるけど気にもならない。じゃまなヤツらを払《はら》いのけ、道路に飛びおりる。車が急ブレーキをかけ、だれかがさけんだ。「なにやってんだ！　死にたいのか！」

わたしは一段《いちだん》と声をはりあげて泣きだした。別のだれかがどなる。「バカなガキだ」

「あんた、自分がいちばんツラいと思ってんだろ？　バカいうんじゃねえ、なーんの苦労も知らねえくせして……」悲しげな浮浪者《ふろうしゃ》が悪臭《あくしゅう》をぷんぷんさせて、わたしによりかかってきた。いっしょにいるイヌがかかとを嗅《か》ぎまわる。

わたしはさらに大声をあげて泣き、イヌの頭をどけようとした。突然《とつぜん》だれかがわたしの腕《うで》をとり、「ノミだらけのイヌをつれて、さっさと失《う》せろ」と、浮浪者にどなった。

聞き覚えのある声だ。目をあけると、そこには愛《いと》しのドリーム・ダンがいた。

「いつもの子じゃないか！」心配そうにわたしの顔をのぞきこんでおどろいている。

「いつ、い、い、いつもの子ってなんだ？」友だちがバカにして笑った。

「そいつ、酔《よ》っぱらってるぜ。ほっとけよ、ケビン。めんどうに巻《ま》きこまれるぞ」

こんなにステキな人が、「ケビン」なんていう、ありきたりでつまらない名前だとは、信じられない。だけど、あこがれの君《キミ》は、本当にケビンで、それでもやっぱりステキな人だった。クラブに行く友だちと別れてタクシーをひろうと、わざわざウチまで送ってくれるという。わたしが「お金がない」といって泣くと、「ぼくがたくさん持ってるからだいじょうぶ」といい、わたしが「どうしてこんなにやさしいの」といって泣くと、「悩《なや》める乙女《おとめ》を救う王子の役もたまにはいいものさ」といい、わたしが「九年生最初の日に出会ったときから、あなたはあこがれの王子さまです」といって泣くと、「そんなふうに思われてうれしいけど、じつは自分はゲイなんだ」といい、わたしは「知ってました」といって泣き、「さっきまでは自分にもカレシがいたけど、その人がパーティでよりによって親友とキスした」といってまた泣いた。

あこがれの君は、わたしの肩《かた》をだき、しめった髪《かみ》をやさしくなぜてくれた。そして、

「この問題についてはなにもいってあげられない。きっと当分のあいだツラいだろう、なぐさめにはならないかもしれないけど、だれもが十四か十五歳《さい》のころ通る試練だよ」といってくれた。まだ十三歳なのに、少しでも年上に見られたことでちょっとだけ元気が出た。それに、ゲイだろうがそうでなかろうが、こんな超《チョー》ハンサムに肩《かた》をだかれて、髪《かみ》をなぜてもらって悪い気はしない。でも次の瞬間《しゅんかん》、マグダとラッセルのことを思い出すと、ふたたび涙《なみだ》がこみあげてきた。結局、家に着くまでずっとずっと泣きどおしだった。

ウチに着くと、あこがれの君《キミ》はタクシーを待たせて、玄関《げんかん》までつきそってくれた。寝巻《ねま》き姿《すがた》のおとうさんがドアをあけた。泣いているわたしを見てショックを受けたみたい。カン違《ちが》いされたらこまるから、「この人は恩人《おんじん》だ」と説明した。おとうさんはなんとか事情《じじょう》をのみこんで、お礼をいった。あこがれの君は――こんなハンサムをどうしてもケビンとは呼《よ》べない――わたしのおでこにキスすると、「早く元気になって」といってくれた。

なんてやさしい人だろう。だけど元気になるときなんて来やしない。どんなことだってわたしを元気にするのは永久《えいきゅう》に不可能《ふかのう》だ。

なかに入ると、おとうさんはなにがあったのか説明してごらんという。そんなの無理に決まってるのに、質問《しつもん》をやめようとしない。アンナがおりてきてくれて助かった。「ラッセルとマグダが……」アンナはこれだけでなにもかもわかってくれた。そしてわたしを両腕《りょううで》でだくと、エッグにするようにヨシヨシ、とやさしくゆすってくれた。

「かわいそうに」おとうさんも肩をたたいてくれた。「だけどな、ラッセルだけが男じゃないぞ。なんとなく気どってて、ヤなヤツだと思ってたんだ。そしたらこれだ……」

「黙《だま》って！」アンナがピシャリといった。「問題はラッセルだけじゃないでしょ。ラッセルとマグダだから問題なのよ」

ラッセルとマグダ。ラッセルとマグダ。ラッセルとマグダ。ラッセルはこれからマグダとつき合うつもり？　放課後も学校にむかえに来る？　いっしょに散歩に行って、わたしとしたことを、マグダともする？　そしてマグダにも指輪をあげるの？

アンナにつれられて、部屋でベッドに横になり、何度も同じことを考えた。いつのまにかパーティにもどっている。よろよろと階段《かいだん》に近づき、ふたりを見る。ラッセルとマグダだ。何度も、何度もそのくり返し……。

電話が鳴る。わたしはベッドの上に体を起こした。心臓《しんぞう》がバクバクいってる。電話に出たおとうさんの眠《ねむ》そうな声が、怒《おこ》っているトーンに変わった。「ああ、エリーは無事にもどった。おまえには関係ないだろう。イヤ、電話には出られない。今何時だと思ってる。もうぐっすり寝《ね》てるんだ。起こすつもりはない。そういうことだから」

涙《なみだ》がまたこみあげてくる。声を出さないように、鼻と口を両手でおおった。どうか、起きてると思われませんように。でもすぐに、部屋の前でおとうさんの足音がした。

小さな声が聞こえる。「エリー？　起きてるかい？　入るぞ？」

おとうさんが返事を待たずに入ってきた。しゃくりあげてるから、ダメともいえない。

「ああ、エリー」ベッドのはしに腰《こし》をおろすと、おとうさんが大きな腕《うで》でだいてくれた。

おとうさんとは、このところ仲が悪かったけど、思わずわたしもだきついた。

「すごくツラい……」

「わかるよ、エリー」おとうさんはぎゅっとだきしめてくれた。

「おとうさんにはわかんないよ。ものすごく、痛《いた》いくらい」

「おとうさんにもわかるさ。おとうさんだって痛いし、ツラいから」

まるでおかあさんが天国に行ってしまったときにもどったみたいだ。こうしてふたりでだき合う以外になにもできず、なんともツラい日々だった。

「さっきの電話はラッセルから？」

「そうだ。アンナに、勝手に切らずに、まずエリーに話す気があるかきくべきだといわれたよ」

「話す気なんてない！」

「おとうさんもそう思ったんだ。それにしても、きいたほうがよかったかもしれない。このところ、エリーにはきらわれっぱなしだな」

「アンナにもね」

一瞬《いっしゅん》体がこわばったけど、おとうさんもうなずいた。あごのヒゲがおでこに当たる。

「そうだ、アンナにも」

「おとうさんとアンナは、別れたりしないよね？」おとうさんの胸《むね》に顔をうずめて、そっときいてみた。

「なにをいいだすんだ！　どうしてそんなことを？　アンナがそういったのか？」

「なにもいわないよ。でも最近ケンカばかりだし、おとうさんは毎晩遅《まいばんおそ》くまで帰らないから」

「アンナとのことは、いつかきちんと話し合うさ。エリーは心配しなくていい」

「遅くまでいったいなにやってるの？」

「エリー、おとうさんのことはもういい。それより、お前が心配だ。今度のことは本当にかわいそうだと思ってる。だけど、怒《おこ》ってもいるぞ。ずいぶん酔《よ》っぱらってたじゃないか。ビールやワインを、少しくらい飲んだからってモンクはいわない。だが、強いお酒を飲むのはまちがってる。気持ち悪くなるぐらいじゃすまないで、病院にかつぎこまれることもあるんだぞ」

だらだらとお説教が続き、わたしはしくしく泣き続けた。お酒なんて関係ない。もう二度とパーティには行かないから。ほかのどこにも出かけない。だけど学校はどうしよう？

どんな顔してマグダに会えっていうの？

次の日の朝、マグダから電話があった。おとうさんが出て、わたしはまだ寝《ね》てるといった。お昼のあとにも電話がきた。今度はアンナが出て、「エリーは、今話したくないそうよ」といってくれた。

でもメッセージがうまく伝わらなかったみたい。おやつのとき玄関《げんかん》から音がした。三回ゆっくりたたいて、二回短くたたく。マグダのノックだ。華《はな》やかに登場を告げるファンファーレみたい。

わたしはうめいて席を立った。「アンナ、マグダよ。お願いだから、帰れといって」

「一度きちんと話したらどうだ？　向こうの言い分も聞くだけ聞いたほうがいいかもしれないぞ。こんなことで、友だちを失いたくないだろう？」おとうさんがいう。

「冗談《じょうだん》でしょ？　マグダとなんか、もう一生つき合えるわけない」わたしは急いで二階にあがった。

ドアにもたれて、音楽を大きくかける。下の声が聞こえないように。ずいぶん長く待たされて、ようやくアンナがドアをノックした。

「エリー、わたしよ。もうだいじょうぶ。マグダは帰ったわ。ひどく興奮《こうふん》して『とにかく話したい』の一点張《いってんば》り。ハムスターのことを何度もいってた」

「ハムスター？　なにそれ？」すさまじい怒《いか》りに涙《なみだ》が止まった。「マグダは、あんなどうでもいいハムスターが死んだからって、ヒトのカレシを盗《ぬす》んだとでもいうつもり？」

「エリー、盗むなんて、イヤな言葉よ」アンナがやさしくいった。

「だってあんなイヤなことされたのに。マグダとラッセルのなにからなにまで、イヤでイヤでたまらない。もう金輪際《こんりんざい》、口きかない」

ほかのだれとも話したくない。アンナとさえ。おやつもパス。ひとりで部屋に閉《と》じこもり、横になったり、ベッドに座《すわ》りこんだり。そして何度も何度も枕《まくら》をたたいた。また泣いて。また寝《ね》て。目が覚めると、一瞬《いっしゅん》なにもかも忘《わす》れて機嫌《きげん》よく起きだし、ラッセルのことを考え、指輪にさわろうとして裸《はだか》の指に気づき、なにもかも終わったことを思い出す……。

だからといって、一生部屋にかくれてはいられない。

次の日は月曜日。風邪《かぜ》も治らないのに、また学校に行かねばならない。したくに時間がかかって、ヤバい時間になってしまった。バスにも乗り遅《おく》れた。もう、どうでもいい。またケビンにぶつかったりしたらさすがに恥《は》ずかしいから、わざとのろのろ歩く。このあいだはやさしさに本当に感激《かんげき》した。それにしても、よっぽどバカな子だと思われたことだろう。

なんとも足どりが重い。あんまり遅《おそ》いから、遅刻者《ちこくしゃ》をチェックする上級生も、もう自分の教室に入ってしまった。これで、なんとかいのこりはまぬかれた。でもホントはそんなのどうでもいい。学校なんてつまらなくって、バカバカしくって、やってられない。いっそこのままズルしてサボろうかと考えているところで、ヘンダーソンに出くわした。新しいバスケットボールを入れた大きいバッグをかついで、廊下《ろうか》をこっちに走ってくる。ヘンダーソンはわたしに気づくと急に足を止めた。

「エレノア・アラード！　ホームルームに姿《すがた》が見えないと思ったら、今朝《けさ》はまた派手《ハデ》に遅れてきたものね。いったいどんな言《い》い訳《わけ》を聞かせてもらえるのかしら」

わたしはため息をついた。「なんの言い訳もありません」

ヘンダーソンは顔をしかめた。どんなすさまじいバツをくらうことか。もしかしたらボールが入ったバッグを頭にぶつけられるかも。それとも、もっとひどいことかも……。ところがヘンダーソンはバッグを床《ゆか》におろした。ボールが廊下《ろうか》をころがっていく。舌打《したう》ちしたけどひろいには行かず、かわりに体をかがめてわたしの顔をじっとのぞきこみ、やさしくたずねた。

「エリー、なにがあったんです？」

ヤダ。やさしくしないで。どなるとか大声でしかるなら、にらみ返して、無視《むし》すればいい。だけどこんなふうにやさしくされると、お手あげだ。あっという間に目に涙《なみだ》がたまってくる。泣いちゃダメ。学校では。

必死で涙をこらえ、気持ちを落ち着かせようとした。

「わかったわ。話したくなければいいのよ。無理にいう必要はないわ。でも、これだけは教えて。あなたの悩《なや》みは、お家のこと？　友だちのこと？　それとも男の子のこと？」

「全部です！」わたしはハナをすすった。

「まあ……。十三歳《さい》はラクじゃないわね。わかるわ。わたし自身、あなたと同じように……」ヘンダーソンはいいかけて、首を横にふった。「やっぱりやめるわ。どうせわたしの告白をマグダやナディーンと笑いとばすでしょうからね」

「あの人たちには、いいません。もう友だちじゃないから」わたしは暗い声でいった。

「なにいってるんです！　あなたたち三人組はどうしたって、はなれっこないわ。ホームルームのとき、あなたのことをすごく心配してましたよ。だいじょうぶ、すぐ仲直りできることまちがいなしよ。さ、もう行きなさい。少しでいいから笑って見せて」

わたしはくちびるを無理矢理横に広げ、なんとか笑顔《えがお》らしきものを作って、クラスに向かった。いつもは鬼《おに》のようにコワくて話のわからない、ホッケー命《イノチ》のヘンダーソンに、こんなやさしいところがあるなんて。あの人、十三のときはどんなだったんだろう！　そのころと今とでは、たぶんなにもかも大違《おおちが》いだ。今の時代のことを理解《りかい》するなんてとうてい不可能《ふかのう》だ。マグダとナディーンのことだってカンペキにまちがってる。あのふたりとは二度と仲直りなんかできっこない。

もしかしたらナディーンとは、友だちでいられるかもしれない。最近あまりウマくいってなかったけど、パーティではやさしくしてくれた。得体《えたい》の知れない人とインターネットで親しくなるなんて、たしかにナディーンはどうかしてる。でも、ヒトのカレシを誘惑《ゆうわく》するような残酷《ざんこく》なまねはしない。

ナディーンは、マグダとラッセルのことが原因《げんいん》で先にパーティをぬけだしたのかもしれない。だとすればマグダとは口をきいてないはずだ。それなら、なつかしいナディーンとエリーのふたり組にもどれるかも……。

教室ではマドレー先生の国語の授業《じゅぎょう》が始まっていた。ナディーンとマグダは隅《すみ》に並《なら》んで座《すわ》り、ひそひそやってる。どうみてもふたりはまだ親友だ。結局こういうことか……。

先生のお説教がすむと、ふたりと並んで座らなければならなかった。マグダが必死に話しかけてくる。わたしは机《つくえ》の幅《はば》が許《ゆる》すかぎりマグダからはなれ、片手《かたて》を耳にあてて、聞く気がないことをアピールした。

ところがマドレー先生には、しっかり聞かれてしまった。「マグダ、なにしてるんです？　静かになさい！　全員、『ジェーン・エア』に集中して。感想文は、まとめやあらすじだけにならないように。気の毒な小さいジェーンの気持ちを想像《そうぞう》して書いてごらんなさい。地味でみすぼらしい住みこみ家庭教師《きょうし》の服を着たジェーンは、美しい貴族《きぞく》の娘《むすめ》ブランシュ・イングラム嬢《じょう》がロチェスター卿《きょう》と仲良くよりそうのを、どんな思いでながめたことか」

わかりすぎて、ツラいくらいだ。今のわたしは『ジェーン・エア』について、書けるような状態《じょうたい》じゃない。ほかのだれについても、ただの一段落《いちだんらく》だって書けそうにない。視界《しかい》の隅《すみ》で、マグダが一生懸命《けんめい》になにかを書いている。数分後、わたしの机《つくえ》にメモが届《とど》いた。思わずマグダの顔を見る。

「エリー、お願いだから仲直りして！」マグダは声に出さずに口を動かしてる。

一瞬《いっしゅん》気持ちがグラついた。だけど次の瞬間、マグダは両手を合わせて、バカげたお祈《いの》りのポーズをして見せた。小声で「お願い、お願い……！」といいながら。ナディーンもマグダのマネをする。ジョークにでもしようというの？　これじゃあ、ただのお遊びだ。

「最後のチョコレート食べたのだれ？」なんて、くだらないことでケンカして、「よくばりのブタ」といわれてわたしが怒《おこ》ったときと同じ。たしかにあのときは、このジェスチャーが効《き》いた。

今度はそんなことでごまかせるはずもない。わたしはメモを手にとった。「ゴメン」「まちがい」「酔《よ》って」とか、「泣いて」「キス」とかの言葉が目に入る。

この目にマグダとラッセルのキスシーンが今も焼きついてる。こんなありきたりの言葉では、あやまったうちに入らない。マグダはわたしの大事なものをすべてうばった。ラッセルを好きでもないのに。ただ、自分は望めばだれでも手に入れられることを見せつけるためだけに。

マグダがどうなろうと知ったことか。もう友だちでもなんでもない。ナディーンも同じことだ。

わたしはメモを手にとると、まっぷたつに裂《さ》いて床《ゆか》に落とした。マグダはまっ赤になってナディーンのほうを見た。わたしは頭を高くあげて、目をそらしたところで、マドレー先生の声にとびあがった。

「エリー！　床に紙を捨《す》てたりしてはいけません！」

「すみません、先生。ゴミはちゃんとゴミ箱に捨てます」

わたしはかがんで手紙をひろい、かたくにぎりつぶすと、教室の前にあるゴミ箱に投げ捨《す》てた。あんまり力を入れすぎて、紙のボールがポーンとはねた。

14

Girls cry when they're lonely

女の子はひとりぼっちのとき涙が出ちゃう

結局はこういうことだ。友だちはいない。カレシもいない。わたしはエリー・エイエンニヒトリボッチ。みんなにきらわれ、みんなに無視《むし》される、哀《あわ》れで、おバカな、おデブのエリー。

こんなのひどすぎる。

授業中《じゅぎょうちゅう》も神経《しんけい》を張《は》りつめて、マグダやナディーンからなるべく目をそらすようにしていると、何度も涙《なみだ》があふれかけた。

休み時間にナディーンが近づいてきた。後ろにマグダの姿《すがた》が見える。わたしは無視して通りすぎた。

「エリーったら！　いいかげんに、意地張るのはよしてよ。怒《おこ》るのは勝手だけど、友だちは友だちでしょ？」ナディーンがいう。

「もう友だちじゃない」わたしはつっぱねた。

マグダが聞きつけて、こっちに来た。「ちょっとエリー、あたしに腹《はら》を立てるのはわかる。だけど、ナディーンとケンカする理由はないはずでしょ」おっしゃることはたしかにごもっともだ。

だけど今は理由なんて関係ない。ツラすぎて、とてもマトモではいられない。「ふたりとも絶交《ぜっこう》！」

「それ、今日だけって意味？　あたしとラッセルがキスしてたショックが消えないから？」マグダのヤツ、よくもまあ、しゃあしゃあと。

「今日だけじゃない、永久《えいきゅう》に」

「どうせ本気じゃないわ」今度はナディーンがいう。「ただ大げさにして、こっちをあやまらせて、『お願いだから友だちでいて！』とかいわせたいのよ」

そうかもしれない。だけどそんなこと、どうして認《みと》められる？「本気だよ。もう今までのナディーンじゃない、マグダもそう。すっかり変わっちゃった。だからもうおしまい」

わたしはゆっくりと大またで立ち去った。心のなかでは追いかけてくるのを期待してる。「エリーがいなきゃダメ」といってほしい。マグダには、バケツ何杯《ばい》分も、タンク何台分も、いや、プール何個分も泣いて「許《ゆる》して！」とひざまずいてもらわなきゃ。ナディーンには「やっぱりエリーが正しかった、インターネットで知らない人とエッチな話をするのは危険《きけん》だ」と認めてもらわなきゃ。ふたりで「エリーは世界でいちばんの親友で、絶交《ぜっこう》なんてとても耐《た》えられない！」と声をそろえてなげいてもらわなきゃ。

そんなことあるわけない。

わたしはひとりその場をはなれ、そのあともずっとひとりきりですごした。ナディーンとマグダは、腕《うで》を組んでべったりだ。放課後が心配、ラッセルがいたらどうしよう？　門のところでマグダを待ってたら……。

チラリとも見ずに急いで通りすぎることにしよう。

放課後の校門にラッセルの姿《すがた》はなく、心の底からホッとした。でもそのうちに疑問《ぎもん》がわいてきた。ホントは来るのがあたりまえなんじゃない？　なんで来ないの？　弁解《べんかい》のひとつもないなんて。土曜の夜、ビッグ・マックの家の階段《かいだん》でマグダとあんなことしておきながら、今さらわたしの気持ちを傷《きず》つけまいとしてるとも思えない……。

なんであんなことに？　なんで最初からマグダとつき合わなかったの？　なんでわたしとつき合ったの？　おかげで、ラッセルを好きになってしまった……。

いいようもなくさびしい。十一年の子が、カレシと手をつないで前を歩いてる。その子が笑いかけると、カレシがすばやくかがんでキスをする。わたしは目を閉《と》じた。見るだけで胸《むね》が痛《いた》い。

そこから家までは走って帰った。もしかしたらラッセルが来てるかもしれない。マグダのことはなんとも思ってない。エリーと仲直りしたい。学校に行かなかったのは、大勢《おおぜい》の前であやまるのが恥《は》ずかしいから。とくにマグダの前では。

ラッセルはウチにもいなかった。家のなかにもだれもいない。アンナは仕事で出かけてる。エッグもつれていったらしい。わたしひとり。でも今日はちっとも楽しくない。どの部屋にも落ち着けずに、家じゅうフラフラした。静かすぎて、床板《ゆかいた》や、水道管が音をたてるたびに、とびあがりそうになる。

コーヒーをいれて、ビスケットを食べる。一枚《まい》、また一枚……。気持ち悪いくらいおなかがいっぱいになっても、とうとう、最後の一枚がなくなるまで、ひと袋《ふくろ》まるごと食べつくしてしまった。一瞬《いっしゅん》、吐《は》きだそうかと思ったけど、両手をにぎりしめて必死で思いとどまった。あんなバカげたことは二度としないと誓《ちか》ったはずだ……。太ったってかまわない。恐《おそ》ろしいダイエットだけはくり返しちゃダメ。あの苦しみは乗りこえたはず。自分はみにくい太ったかたまりで、マグダがセクシーでグラマーな理想の体型でも、気にしない。ウソだ！　やっぱり気にしてる！　でもマグダになれない以上、ラッセルがマグダを好きなら、あきらめるだけだ。

ウソだ！　あきらめられない！　ラッセルはなに考えてるの？　日曜日に電話が来たとき、なんで出なかったんだろう？　少なくとも言《い》い訳《わけ》ぐらいは聞けたのに。なにがどうなってるのか、少しくらいはわかったはずだ。

いっそ、自分から電話したら？

イヤだ！　向こうからかけるのがすじだ。

でも、いちおうはかかってきた。話す気がなくてことわったのはわたしのほうだ。今ならかけられる。ラッセルもひとりのはずだ。

電話しよう、電話しよう、電話しよう。

廊下《ろうか》をさんざん往復《おうふく》した末に……ついに受話器を手にとった。

呼《よ》び出《だ》し音《おん》が何度も鳴り、もう出ないものだとあきらめかけ、留守番《るすばん》電話がしゃべりはじめたところで、とうとうラッセルが電話に出た。「もしもし？」

留守番電話はまだまわり続けてる。だれかの声が電話口の後ろから聞こえた。「エリーから？」

心臓《しんぞう》がひっくり返りそう。マグダの声だ。

マグダがラッセルの家にいる。

ひどすぎる。これ以上たえられない。わたしはひと言もいわずに受話器をたたきつけ、自分の部屋に駆《か》けこんでベッドに倒《たお》れこむと、泣いて泣いて泣きまくった。「なにかのまちがいだったのかも」なんてごまかすことはもうできない。パーティで酔《よ》っぱらってたまたまキスしたわけじゃない。ふたりは本当につき合ってる。

電話のベルが鳴っている。着信記録で、わたしからだとバレたんだ。どうして電話なんかしたんだろう。きっとふたりでわたしのことを笑ってる。それはちがう。ラッセルもマグダもそこまで意地悪じゃない。たぶんわたしを心配してる。悪いことをした、かわいそうにと思って……。だから今電話をかけてるんだ。ふたりで電話の横にたたずんで頭《かぶり》を横にふり、どうしたらエリーをなるべく傷《きず》つけずにすむか話してる……。でも、同情《どうじょう》されるのがいちばんツラい。

思いきり枕《まくら》をたたいた。マグダなんかキライ。ラッセルなんかキライ。自分のことも大キライだ。

なんとも心細くて、悲しくて、さびしくて……。おかあさんに会いたい。ああ、おかあさんがまだ生きていてくれたらなあ。アンナのことは大好きだ。大好きな姉のようにしたっている。だけど、やっぱりおかあさんじゃない。

今ここにおかあさんが来てくれるなら、ほかにはなにもいらない。隣《となり》に腰《こし》かけ、わたしをだっこして、髪《かみ》をなぜ、やさしく体をゆらして、マートル・マウスの物語を聞かせてくれる……。

わたしは泣くのをやめて、おかあさんがのこしてくれたマートル・マウスの絵本をとりだした。おかあさんのマートルはわたしのマートルとちがって、小さくてかわいくて、おだやかだ。パステルカラーのやわらかい色づかいで描《えが》かれている。ストーリーも小さい子向けで、あくまでやさしく、かわいらしい。わたしはマーカーを使い、明るくはっきりとした色づかいでマートルを描《か》いた。あざやかなパープル、深みのあるロイヤル・ブルー、明るいブルー・グリーン、華《はな》やかなエメラルド……。ストーリーも、めまぐるしい冒険《ぼうけん》が続く、波瀾万丈《はらんばんじょう》のメロドラマだ。おかあさんのものとはぜんぜんちがう。それでも、カンペキに自分のオリジナルだとはいえない。

ニコラ・シャープからの手紙をとりだして、もう一度読み返す。今までに何回読んだことか。こんなに読んでもまだインクが消えないのがふしぎなくらい。それから、スケッチブックをとりだして、なるべくていねいな筆記体で、自分の住所を書いた。そして上には、スモックと蝶《ちょう》ネクタイ姿《すがた》で、大きな絵筆をにぎった、画家のマートルを……。

わたしはニコラ・シャープへの、手紙を書きはじめた。

お手紙をいただいて、本当にうれしかったです（手紙のなかでマートルが大きくジャンプして、小さい月をとびこえている)。

この手紙はわたしにとって、かけがえのない宝物《たからもの》です(マートルが手紙を胸《むね》にだいて眠《ねむ》ってる)。

じつは、おわびしなければならないことがあります(マートルがうなだれて、頭を深々とさげている。体じゅうが——大きな耳やシッポまでしおれている)。わたしの描《か》いたマートルは、じつはずっと以前に亡《な》くなった母の絵本をベースにしています。わたしは母にかわって、自分のキャラクターとしてマートルをよみがえらせました。けれども、最初にマートルを生みだしたのはわたしではなく、母なのです。

せっかくお手紙までちょうだいしながら、本当に申《もう》し訳《わけ》ありません。わたしはあなたのイラストが大好きです(マートルがニコラ・シャープのマザー・グースの本に夢中《むちゅう》になって、「ヒッコリー・ディッコリー・ドック」のページのネズミに手をふっている)。


最後に名前をサインし、大きい封筒《ふうとう》に手紙を入れて、宛名《あてな》を書いた。

ニコラ・シャープは、きっともう、わたしのことなんて忘《わす》れてしまうだろう。おかあさんのアイディアをマネしただけだとわかったから。それでも本当のことがいえて、さっきよりは気持ちがすっきりした。

手紙やマートルのイラストを描いているときは、ツラい気持ちもほとんど忘れかけていた。今のわたしは、まだアーティストではない。でもいつの日にか必ずなってみせる。そして仕事のことだけ考える。カレシなんていらない。ひょっとしたら、女友だちももう作らないかもしれない。ひとりきりで暮《く》らし、一日じゅう絵を描いて、すばらしい絵本を作る……。

15

Girls cry when
they wake up and remember

女の子は目覚めがツライとき
涙が出ちゃう

学校へ行く気力がまったくない。風邪《かぜ》はそろそろ治りかけとはいえ、朝食のコーンフレークを食べるあいだもひっきりなしにハナをかみ、何度も咳《せき》をする。

おとうさんがボーッとしながら、わたしの肩《かた》をたたいた。「エリー、元気ないぞ。学校に行って、マグダやナディーンとおしゃべりすれば、すぐに元気になるさ」そこまでいって、やっと思い出したみたい。「そうか、ケンカ中だったな。でもいつもみたいに、すぐ仲直りできるさ」

おとうさんが出かけると、アンナがすまなさそうな顔でわたしに向き直った。「あいかわらず無神経《むしんけい》。心ここにあらずね……」

そのいい方があんまり冷たかったから、わたしは思わず心配になった。「アンナ……？」

アンナは首をかすかに横にふると、目をそらしてエッグを見た。エッグはコーンフレークのおまけのプラスチックのカウボーイを、テーブルの草原で走りまわらせている。

わたしは咳をした。念のためもう一度。わざとらしく解説《かいせつ》までつけた。「こんなに咳が出る……」

アンナはため息をついた。

「それに胸《むね》が痛《いた》くて。頭も熱い。ものすごーく調子悪い。ホントだから」

「それでも学校には行くべきよ」

「アンナお願い、休ませて。おでこに手を当ててみて。絶対《ぜったい》熱がある。体じゅう痛くてたまらない。もうしばらく寝《ね》させて」

「エリー、わたしも同じよ」アンナは弱々しい声で答えながら目をこすった。「でもね、やらなきゃならない仕事が山のようにあるの。今日もロンドンへ行くのに、エッグをどうするかさえまだ決まってない。ナディーンのおかあさまにはもうお願いできないし。この前、すっかりご迷惑《めいわく》をかけてしまったもの」

「休ませてくれれば、午前中よく寝《ね》て、昼にはなんとか起きだせると思う。ちゃんと宿題もやって、エッグをむかえに行くよ」

「ズルい！」エッグが抗議《こうぎ》した。「オレの風邪《かぜ》のほうが、もっとずっとひどかったのに、学校行ったんだぞ。それに、エリーのおむかえなんかヤダ！　ママがいい」今度は今にも泣きだしそうな声を出した。そしてカウボーイをにらみつけると、指ではじきとばした。カウボーイはテーブルのはしから、床《ゆか》のグランド・キャニオンに向かって、下へ下へと落ちていく。

「アンナ、エッグなら心配ないよ。ただ、ゴネてるだけだから」わたしはカウボーイを救いだすと、一回転させてエッグに手わたした。「ヒャッホー！　コーンフレーク・キッド、ふたたび参上！　学校の帰りにコーンフレーク・キッドのお話したげるよ」

「戦いとか、撃《う》ち合《あ》いとかもある？」エッグは今ピストルに夢中《むちゅう》だ。だけどおとうさんもアンナも、オモチャさえ持たせてくれない。

「大乱闘《だいらんとう》や銃撃戦《じゅうげきせん》だらけだよ」わたしは保証《ほしょう》した。

ウマくいった！　これで学校に行かずにすむ。わたしはベッドにもどると、上掛《うわが》けの下にもぐりこんだ。小さいころいちばんの友だちだった青いゾウのぬいぐるみは、ずいぶん前に捨《す》ててしまった。かわりに枕《まくら》にだきついてみる。ぬいぐるみといっしょに、自分もゴミの山に捨てられた気分だ。

そのまますぐに二度寝《にどね》して、バカげた、サイアクの夢《ゆめ》をみた。マグダとラッセルが、流れるたてがみと長いシッポの美しい、大きな白馬にまたがり駆《か》けていく。一方わたしはチビでデブのロバに乗り、ほこりまみれになりながら重い足どりでのろのろ進む。なんとか速く走らせようとすると、突然《とつぜん》ロバが暴走《ぼうそう》した。ものすごいスピードで走りはじめ、いくら手綱《たづな》を引いても止まらない。草原の向こうの深い渓谷《けいこく》が近づいてくる。ついにふみ出して、下へ、下へと落ちていく。思わずあえいで目を覚ました。

夢《ゆめ》から覚めたときに、イヤなことを最初から順に思い出すのはなんともツラい。わたしはだれにもじゃまされずに、思いきり気のすむまで泣いた。それからしばらくして、ベッドからはいだすと、冷たい水で、はれあがった目を洗《あら》った。お昼を作って食べたあと、数学の宿題を広げてみた。もう、二回分宿題をやっていない。なにをどうすればいいのか見当もつかない。いつもはマグダが手伝ってくれたけど、どう考えてもたのめない。ラッセルに電話で教えてもらったこともあるけど、それも無理。これから一生、数学の宿題は零《れい》点《てん》ということだ。

一問目を読むだけ読んだけど、時間のムダというものだ。歴史のレポートと、フランス語の動詞《どうし》の暗記も宿題だけど、集中できそうにない。結局、絵を描《か》くことにする。ホントはマートル・マウスの冒険《ぼうけん》の続きを描きたかったけど、ヤメにした。

しばらくいたずら描きしてから、プラスチックのカウボーイとキッチン・カントリー・ワールドを描くことにした。カブト虫を投《な》げ縄《なわ》でつかまえ、暴《あば》れネズミを鞍《くら》なしで乗りまわし……。突然、これもオリジナルじゃないことに気がついた。プラスチック・カウボーイは、コーンフレークのおまけだった。わたしは、どうにでもなれと、鉛筆《えんぴつ》を放り投げた。わたしには美術《びじゅつ》の才能《さいのう》もない。できるのはだれかのマネだけだ。

そんなわたしでも、学校帰りに、コーンフレーク・キッドの物語をエッグに聞かせるくらいのことはできる。エッグはおもしろがって、スキップしながらわたしについてきた。マッチ箱の幌馬車《ほろばしゃ》が出てきたところで、エッグの足が急に止まった。

「カウボーイのママとパパはその馬車のなかにいるの？」

「いるかもね」わたしは言葉を選んだ。

「カウボーイにもママとパパがいるよね？」

「そりゃ、絶対《ぜったい》いるよ」

「カウボーイのママは、エリーのママみたいに死んだりしない？」

「死なないよ。それに、エッグのママもだいじょうぶ」

「じゃあ、パパは？」

「もちろんだいじょうぶ」

「もしかして、リコンとかしない？　パパがどっかよその人のとこに行っちゃうとか」

「そんなはずないでしょ。だれにそんなこといわれたの？　おとうさんじゃないよね？」

カウボーイの物語はすっかりどこかへ行ってしまった。現実《げんじつ》の物語は、想像《そうぞう》の世界よりずっとこわい。

「パパはそんなこといわないけど、こないだ、ママがパパに『出てって！』ってどなって、パパも、『たのまれなくても出ていく』っていってた……」

「ケンカしてただけでしょ。そんなの本気じゃないよ」今はそう祈《いの》るしかない。

「サムんちでも、ママとパパがそんなふうにケンカして、ホントにリコンしたって。だからサムが『オマエのママとパパもリコンする』っていうんだ」

「サムだって、たまにはまちがえるよ。だけど、あんたのおねえちゃんのエリーさまは絶対にまちがわないから」

「エリーとラッセルもどなったりした？」

思わず足が止まった。必死で冷静をよそおうとした。「ちょっとはね。さあ、帰ろうよ」

早足で歩きはじめると、エッグはおいていかれまいと走ってついてくる。

「エリー、悲しい？　ママはそんなこときいちゃいけませんっていうけど、オレききたいんだ」

「たいしたことじゃないよ。そうだね、ちょっとは悲しいかな」これぞ今世紀最大のウソ！

「またダンとつき合う？　オレ、ダン大好き」

「どう考えてもありえないね」

「オレ、だれかがどなったり、ケンカとか、リコンすんのヤダ」エッグは今にも泣きそうだ。

「わたしもよ」わたしはエッグの手をぎゅっとにぎりしめる。

家に帰ると、大騒《おおさわ》ぎして、エッグにスペシャル・カウボーイ料理をこしらえた。もちろん、わたしバージョンの。カウボーイって、バッファローのステーキとか、トウモロコシのおかゆ――どんなものかは知らないけど――を食べるんじゃない？　ハムステーキとベイクトビーンズだったらりっぱな代用品だ。

自分はあとからアンナと食べるつもりだったのに、いつのまにかベイクトビーンズを鍋《なべ》からつまんでしまう。鍋底のスープまでパンにひたして食べつくそうとしたとき、玄関《げんかん》でノックの音がした。ゆっくりと三回、短く二回。マグダだ……。

「ヤダ！　いないふりするから静かに！」

「だけど、いるじゃん」と、エッグ。

「シーッ！　聞こえるでしょ」

「あれ、マグダのノックだよ。オレ知ってる！」

エッグはそうさけぶと、玄関にダッシュした。急いで追いかけたけど、間に合わない。

「こら！　やめて！　エッグ、いうことを聞きなさい！」どなってるあいだに、エッグはドアをあけてしまった。

マグダはドアの前で、くちびるをかんでいる。

「ほら見ろ！　マグダじゃん！」エッグはエラそうにいった。「だからオレがいったろ？　マグダ、入んなよ！」

「エッグ、いいかげんにして！　早くキッチンにもどって、おやつを最後まで食べなさい」わたしはめいっぱいエラそうに命令した。

「入っていいの？」マグダがしおらしくたずねた。

「いいに決まってるだろ！」エッグは冗談《じょうだん》だと思って笑いだした。

「悪いけど、それは無理よ」

エッグはわたしまで冗談をいってると思って、もっと笑いこけた。バカなことばかりしてはいるけど、エッグは本当のバカではない。さんざん笑ったあとで、わたしの表情《ひょうじょう》に気がついて、悲劇的《ひげきてき》な顔でこういった。「あれえ？　エリー、マグダともリコンしたの？」

「そういうこと！」わたしは答えた。

「ちがうよ」とマグダが答える。「ねえ、エリー、だれとも別れないで。とくにラッセルとは別れちゃダメ。あれほどあんたのことが好きなのに。昨日《きのう》も、『ぼくがバカだった、どうしよう』ってずっといい続けてたんだよ」

「それをマグダが、やさしくなぐさめたんでしょ？」

「そう……ちがう！　そんな意味じゃない！　あたしはただ、どうしたらあんたにわかってもらえるか、ラッセルに相談しに行っただけだよ」

「土曜日のことでやっとわたしもわかったの。もう一生あなたたちと口をきく気はない。だからお願い、もう帰って」そういってドアを閉《し》めようとしたのに、マグダが肩《かた》をはさんでじゃまをする。

「ダメ。エリーはちっともわかってなんかいない。言《い》い訳《わけ》はしないよ。だけどみんな酔《よ》ってた。いちばんひどかったのはあんたじゃない」

「スッゲー！」そばで聞いてたエッグが目をまるくした。「エリー、マジで酔っぱらったの？　倒《たお》れてゲボした？」

「そんなわけないでしょ！」これはウソ。「いいからキッチンへ行きなさい」わたしはエッグを押《お》しやった。「マグダ、あんたもどいて。ドアが閉《し》められないでしょ」さっきより力を入れてマグダも押しのけようとする。

「話を聞いてよ」

「いったでしょ。聞く気ないって」

「わかった、わかった！　あたしとラッセルのことはもういいよ。正直いってなんにもないけど。それとは別のことで、今はどうしてもエリーの力が必要なの」

わたしはまじまじとマグダの顔を見た。この人どうかした？　ヒトの女友だちも、カレシも盗《ぬす》んでおいて、のこのこウチへやってきたかと思えば、今度は力を貸《か》せだなんて。

「ナディーンがあぶないんだ。例のエリスを覚えてるでしょ？　あの、インターネットの……。じつは今晩《こんばん》会いに行こうとしてる」

「なにそれ、バカみたい」

「あたしもそう思う」

「だったら、やめさせなよ。友だちでしょ？」

「今日一日じゅうやってみた。だけど、聞かないんだ。どうしても行くってていいはってる。エリスによると、〈ザナドゥ〉の特別編集版《へんしゅうばん》かなんか、初期の作品を、ロンドンの映画館《えいがかん》でやるらしい。ナディーンはそこに行って、エリスにも会うつもり。あたしたちといっしょだとウソついて、ひとりで出かける気だよ。どうすればいい？　親にいいつけることはできない。だからって、そんなとこへひとりで行かせるわけにもいかないよ。ナディーンは、ほかのザナドゥ・ファンもいっしょだからだいじょうぶ、っていいはってる。世紀の、、、デートにすっかり舞《ま》いあがってるけど、あたしはイヤな予感がする。話がウマすぎるような気がして……。ナディーンは、そんなのヤキモチやきの被害妄想《ひがいもうそう》だっていうけど、エリーはどう思う？」

「どうかしてるのはナディーンだよ。もしかしたらエリスはステキかもしれない。だけど本当のところはわからない。そんなのわたしにはどうでもいい。ナディーンともマグダとも、もう友だちじゃないから」

だけどマグダは、わたしが本気でそう思ってはいないことをよく知っている。

「エリー、あたしとラッセルのことは、今夜だけでいいから忘《わす》れてくれない？　お願いだから、いっしょにロンドンへ来て！　待ち合わせの場所と時間は聞いてある。早目に向こうに着いて、ヘンなヤツがいないか見張《みは》ってようよ。それから映画館《えいがかん》では、ナディーンを見守るって感じで後ろに座《すわ》れば？　もちろん見つからないように気をつけてさ。たとえエリーが来なくてもあたしひとりで行くつもりだよ。だけど、ひとりだとあやしいヤツに目をつけられやすい。だから、いっしょに来て！　お願い、このとおり！」

16

Girls cry when they're sorry

女の子はゴメンネっていうとき涙が出ちゃう

わたしは結局、行くと答えた。だってほかになんて返事のしようがある？　ナディーンなんかキライ、マグダのことはもっとキライだ。二度と友だちになる気はない。そういいながら、別のどこかで今でもナディーンが好きだし、マグダのこともやっぱり好きだ。そして、ずっと友だちでいたいと思ってる。

外に出るのはかなり苦労した。アンナには、マグダとナディーンと、ついに仲直りしたという話をでっちあげた。仲直りのお祝いに、今晩《こんばん》三人で〈ザナドゥ〉という映画《えいが》を見にロンドンに行く、送《おく》りむかえはマグダのパパ、という筋書《すじが》きだ。

アンナは腕組《うでぐ》みをして首を横にふった。「具合が悪くて、学校に行けなかったんだから、夜出かけるのだって当然無理なはずよ」

「エッグをむかえに行くときは、ダメといわなかったのに……」

「そりゃそうよ。人助けのため、劇的《げきてき》に回復《かいふく》するというシナリオだもの。友だちと夜出かけるのとは話が別よ。だいたい、絶交《ぜっこう》してたんじゃなかったの？　とくにマグダとは……」

「だから、仲直りしたんだってば！」

「ほらみろ！　いったとおりだろう」おとうさんがキッチンに入ってきて、わたしをぎゅっとだきしめた。あたたかい油絵の具のにおい。わたしはめずらしくおとうさんの腕《うで》から逃《に》げ出そうとしなかった。

「うん。おとうさんのいうことって、ほとんど正しいよね」

アンナはあきれ顔。あとのシナリオはもうお見通しだ。わたしとしても、できればこんな低レベルの演技《えんぎ》はしたくない。だけどしかたない、今は緊急事態《きんきゅうじたい》だ。

「おわびのしるしに、マグダがパパに送《おく》りむかえをたのんでくれたから、今晩《こんばん》三人で出かけたいんだけど。ロンドンの映画館《えいがかん》で〈ザナドゥ〉の特別編《とくべつへん》をやるんだって。行ってもいいでしょ？」

「もちろんいいさ」と、おとうさん。

「たった今、わたしがダメといったのよ」と、アンナ。

「ぼくは、いいといってる」と、おとうさん。

「ひどいわ。なんでも反対して」アンナはわっと泣きだした。

アンナ、ゴメンなさい。だけどこうでもしなきゃ、ウチから出してもらえない。わたしはジャケットを着ると、バッグを手に家を走り出た。

待ち合わせは駅だ。赤いセーターに、黒いミニスカート、ハイヒール姿《すがた》のマグダはいつもどおりに目立ってる。

「今日は目立たないようにかくれるんじゃなかったの？　それがなに？　スポットライトでも浴びてるみたいなかっこうで。おまけにそんなハイヒールじゃ、いざというとき尾行《びこう》もできやしない。さてはパーティでもその手を使ったでしょ？　階段《かいだん》でわざところんだとか」

マグダの顔がこわばった。「エリー、ゴメン。この服、土曜日に着てったのをすっかり忘《わす》れてた。あたしって、つくづくサイテーだね……」

「ホントだよ！　でも今はパーティのことは忘れてロンドンへ行こう。駅のホームでナディーンに見つかったらどう説明するつもり？　仲良しでお出かけっていったって、信じてくれないよ」

「だいじょうぶ、まだ来ない。こっちはかなり早めだから。でも、ある意味これもお出か、、、けだよね？　エリー、やっぱり仲直りできない？　話さえ聞いてもらえれば……」

「いったでしょ、パーティの話はナシ！」

マグダはあきらめずに、電車のなかでもしつこく話しかけてくる。わたしはなにをいわれても聞こえないふりをすることにした。わたしが耳に手を当てる。するとマグダは前より大きい声で話しだす。わたしがちがう車両に行く。だけどマグダもついてくる。そしてわたしの隣《となり》に座《すわ》って、逃《に》げないように無理やり腕《うで》を組もうとする。

「エリーがどんなに聞きたくなくても、絶対《ぜったい》聞いてもらわなきゃ」

「ラッセルとのことを話しだしたら、窓《まど》から放り出すからね。そうなればマグダのほうこそ、どんなにしゃべりたくても、もう絶対しゃべれないよ。わたしがこんなに傷《きず》ついてるのに、どうしてわかってくれないの？」わたしはそういうと涙《なみだ》をこらえた。

「あたしだって傷ついてるよ」泣きだしそうな声でマグダがいった。目が光ってる。「ひどいことをしたって心の底から思ってる。そんなつもりなかったのに。ラッセルにだってそんな気はぜんぜんなかった。ただ気がついたら、そういうことに……」

「へー。特殊《とくしゅ》な磁力《じりょく》にでも引きよせられて、くっついて、舌《した》を絡《から》ませたっていうの？」

「そうじゃない。あたしにしてみれば、相手がラッセルじゃなくてもよかったってこと。だれでもかまわなかった。あの人はたまたまそこにいただけだよ。ラッセルにしても同じこと。べつにあたしといたかったわけじゃない。だいたい、あの人あたしのことをきらってる。エリーも知ってるくせに」

「そうだね。マグダが来たときは、いちおうムカつくって顔して見せてたけど」

「そう。そういう女だと思ってる」マグダの顔がゆがんだ。「ほかの男の子もみんなそう。パーティの最中に、メチャクチャ落ちこんじゃったんだ。笑ったり冗談《じょうだん》いっても、自分がミジメで、安っぽく思えてきてさ。男の子がみんな『マグダ、マグダ』ってうわさしてる。でもそれはただの派手《ハデ》好きでチャラチャラしたどうしようもない女のこと。どうすればいい？　オシャレは好きだし、セクシーにして注目されるのも好き。でも、いつもそれだけでおしまい。だれも本当のあたしを知ろうとはしない。

　気分直しのつもりでウォッカをひと口飲んでみたけど、元気になるどころか、もっと落ちこんじゃってさ。どんどんミジメな気分になって、とうとうトイレの帰りに、階段《かいだん》に座《すわ》ってメソメソしてたんだ。なんであたしはだれともマトモにつき合えないんだろうって。結局あたしにはだれもいない。グレッグにさえフラれた。キス以上、ウンといわないからって。それからファッジのことを考えた。あの子はどんな気持ちだったんだろう。生まれて初めてのセックスで、混乱《こんらん》して、落ちこんで、思わず逃《に》げだしたと思ったら、今度はどこまでも落ちて……。そしたらやたらに泣けてきちゃった。そこへトイレ帰りのラッセルがあたしにつまずいた。あたしが泣いてたもんだから、ケガさせたと思ったみたい。『だいじょうぶ？』っていう感じで隣《となり》に座《すわ》って肩《かた》をだいてくれた。あたし、ファッジのことでバカみたいに大泣きしちゃった。ラッセルはあたしに『ホントはやさしいんだね』っていうと、自分も半泣きになって、エリーのことでわけのわかんないことをいいだした。そのあと……」

「わけのわかんないことって？」

「たいしたことじゃないよ。本気じゃない。酔《よ》っぱらってグチっただけ……」

「マグダ、お・し・え・て。ラッセルはなんていったの？」わたしはなおもねばった。

「だったらいうけど……、『エリーは、女性《じょせい》画家《がか》から手紙をもらってすっかりいい気になってる。生意気にも、ぼくがエリーの作品のマネしたとまでいう。ぼくは小さいときからずっとアーティストをめざしてた。絵だってエリーよりウマい。年もふたつ上だし、練習もしてるし、才能《さいのう》もある』ってさ」

わたしは思わず、ラッセルに対してものすごく失礼なことを口走った。

「だから、聞かないほうがいいっていったじゃない」

「情《なさ》けない……ヤキモチやくなんて」

「ホント！　男ってみんなそう。自分が上じゃないと気がすまない」

「マグダは、わたしのほうがラッセルよりウマいと思ってるの？」

「もちろん！　ラッセルもそれに気づいたんだろうね。だからよけいツラかったんだよ。エリーも、かなり鈍感《どんかん》だから。とにかくラッセルはエリーのことでグチグチいって、あたしはラッセルの胸《むね》を枕《まくら》がわりにして、ファッジのことをなげき続けた。まっ暗でなにも見えない。それから……なにがどうしたのかさっぱりわからないけど、あたしがたまたま体の向きを変えて、ラッセルも変えて、気づいたときはキスしてた」

「はい、そこでおしまい！」そこでわたしはふといった。「どうしてそこでお､し､ま､い､にしなかったの？」

「ホントだよ。あそこでやめとけば、こんなことにならずにすんだのに。それが、あんまり気持ちよくて……やめられなかったんだ。グレッグもキスがウマいと思ったけど、あんたのラッセルとはくらべものにならないよ」

「もうわたしのじゃない。マグダのでしょ」

「あたしの？　なにいってんの。あの人、あたしのことなんかなんとも思ってないんだよ。エリーのことが好きで好きでたまらない。どんなにもどってほしいと思ってることか。今なら、エリーがどんなビッグな賞をもらったって、ラッセルは気にもしないよ」

「だったらどうして、自分でいわないの？」

「土曜からずっと、電話してたはずだよ」

「そうかもしれない。だけどウチには来なかった」

「そこまでは勇気がなかったんだよ。エリーのおとうさん、けっこうこわいし」

「おとうさんは、ここんとこずっと家にいないよ」

「じゃあ、ラッセルが来たら、ちゃんと話す？」

「うん、話す。いや、話さない。やっぱりわかんない」

これは本心だ。自分でもラッセルに会ったらどう感じるのか想像《そうぞう》できない。ラッセルとやり直したいのかどうかも、正直なところわからない。

わたしはマグダにいった。「しばらく考えてみる。さ、今はナディーンのことを考えよう！」

かくれる場所を探す時間はたっぷりあるつもりでいた。まずは映画館《えいがかん》を探さなきゃ。ふたりともロンドンには今まで何度も来てるけど、いつも家族といっしょだし、どの地下鉄に乗ったかなんてろくに覚えてない。ノーザン・ラインの反対方向に乗りまちがえはしたものの、なんとか目的地のライチェスター・スクエアにたどりついた。そこでまた、さんざんキョロキョロして人にもたずね、やっとソーホーの脇道《わきみち》にある映画館が見つかった。映画館はあった。ところがやってる映画はちがう。イヤラシくて、バカバカしいソフト・ポルノだ。〈ザナドゥ〉の特別編《とくべつへん》なんてどこにも見当たらない。わたしは深呼吸《しんこきゅう》して、なかに入った。恥《は》ずかしさで身が縮《ちぢ》むようだ。窓口《まどぐち》の女の人に、〈ザナドゥ〉のことをたずねたら、この子どうかしたの？　という顔をされた。

「それ、テレビ番組でしょ？　そういうのはやりません。今やってるのは、年齢制限《ねんれいせいげん》があるからダメよ」

「ご心配なく、見る気ありませんから」わたしは外に飛びだした。

「ナディーンを呼《よ》び出そうとウソついてるんだ。ああ、エリー。来てくれてホントに助かった」マグダはわたしの腕《うで》をぎゅっとにぎった。わたしも、思わずにぎり返す。

「あの角のあたりで待つ？」マグダがいう。

「それより、向かいの〈スターバックス〉に入ろう。あそこなら映画館《えいがかん》の入り口が見えやすいから。ナディーンやソイツが来るのもね。エリスってどんな顔だろう。自分のこともウソっぱちだったりして？」

「黒髪《くろかみ》に茶色の大きな瞳《ひとみ》で、背《せ》が高いんだって。ファッションはトラッドで、挑戦的《ちょうせんてき》なまなざし。たぶんナディーンは、歌手のロビー・ウィリアムズのそっくりさんを期待してるよ」

「まったく救いようのないバカだね」

そういい終わらないうちに、十九歳《さい》くらいの超《チョー》カッコいい男《ヒト》が〈スターバックス〉の前を通りすぎ、道をわたって映画館の近くで立ち止まった。

おどろいてあいた口がふさがらない。マグダの口も大きくあいたままだ。

「ウッソー！　きっとアイツだ！」

「ロビー・ウィリアムズそっくり！」

「ナディーンってば、いいな、いいな！」

「見かけがゴージャスでも、中身がアヤシイ場合もあるよ」

「あんな人とだったら、いくらでもアヤシクなりたい」マグダがいう。

「でも、〈ザナドゥ〉なんかやってないのに、やっぱりヘンだよ」

「まちがえただけじゃない？　あんなにステキなら、証拠不十分《しょうこふじゅうぶん》で不起訴《ふきそ》だね。ほら、腕《うで》時計見てる！　約束の時間よりまだ十分も早いよ。ナディーン、急いで！　こんなイイ男、待たせちゃダメ」

ところが待ち合わせの相手はナディーンじゃなかった。少しすると、ふわふわのジャケットにタイトなジーンズ姿《すがた》の赤毛の美人があらわれた。ふたりはニッコリ笑ってキスすると、映画館の隣《となり》の小さなチャイニーズ・レストランに入っていった。

わたしたちはため息をついた。

映画館《えいがかん》に入っていく人たちは、さっきの人とはぜんぜんちがうタイプだ。

「あの人、信じられないくらいきたないレインコート。あっちも見て。脂《あぶら》ぎってる！　もうイイ年《トシ》じゃない？」

「アイツらはトシじゃないと思うよ」マグダがクックックッと笑った。

ニキビ面《づら》の男の子のふたり組がなにやら相談して、野球帽《やきゅうぼう》を深くかぶって顔をかくそうとしてる。

「アイツら、なんとか年をごまかして映画館に入ろうと必死だよ。たぶんわたしたちと同い年くらい。もしかして、エリスも子どもだったりして？」

「だけど、メールからすると、たしかにいろいろ知ってるよ」

さっきのふたり組はなかに入れずにもどってきた。あごヒゲを生《は》やした男が、それを見て頭《かぶり》を横にふった。ソイツはショーケースの前に立つと、なかのプログラムの上半身裸《はだか》の女の子をじっくりながめてる。

「ゲーッ！　ヒゲをなぜる手つきがイヤラシー！　ヒゲのばしてるヤツ、大キライ！」マグダはそういってから、あせってつけたした。「ゴメン！　エリーのおとうさんもヒゲのばしてたんだ」

「べつにイイよ。わたしもヒゲはきらい」

「だけど芸術家《げいじゅつか》は、自分もアートしなきゃ。だからそういう人はみんなヒゲ生やすんでしよ？」

「そんなの時代遅《おく》れのタイプだけだよ。それにおとうさんは、芸術家じゃない。もうずっと、自分では描《か》いてないもの」

話がとぎれた。向こうからナディーンがやってきた。ポケットに手をつっこんで、必死でさりげなさをよそおっている。顔色はいつも以上にまっ白だ。不安げにあたりを見まわしている。ヒゲの男の肩《かた》ごしに映画《えいが》のプログラムをのぞき見て、顔をしかめ、「どうして?」という表情《ひょうじょう》。

さっきのヒゲの男がナディーンを見てる、というより色目を使ってる。今日のナディーンのファッションはいつものモノトーンにさらに力が入ってる。アイラインは濃《こ》いブラック、ヘアはワイルドにつき立って、ウェストの太い黒のベルトはレースつき、耳にクリップ式のイヤリングをたくさんつけ、ひざまで届《とど》きそうな、太くて長いチェーンのネックレスをジャラジャラいわせてる。

「なにあれ?　トイレのチェーン?」

「〈ザナドゥ〉があいうのをしてるんだ。たしか自分のハートへの鍵《かぎ》がついてる……」

「ナディーンはエリスがハートの鍵だと思ってるのかな。ホントに来ると思う?」

「ナディーンも不安そう。ヤダ！　ヒゲのオジンがナディーンのことイヤラシイ目で見てる。どうしよう！　図々《ずうずう》しく話しかけてるよ！」

ヒゲの男は、ナディーンにいろいろしゃべりかけてる。ナディーンはショックを受けてるみたいだ。

「アイツ、なにしゃべってんだろ？」マグダが怒《いか》りに震《ふる》えた。

「失《う》せろっていわなきゃ」

マグダとわたしは〈スターバックス〉のウィンドウにおでこを押《お》しつけ、必死に注目した。ヒゲの男はどんどん近づいてくる。ナディーンは手で口をおおった。ソイツはまたなにかいうと、ニヤリと笑ってついにナディーンの肩に手をかけた！　ナディーンがふりはらっても、はなそうとしない。後ろに引いてもついてこようとする。

「マグダ、行こう！」

「助けなきゃ」

わたしたちは〈スターバックス〉からとびだして道をわたった。

「ナディーン！」

「だいじょうぶ、あたしたちがついてるよ！」

ナディーンはわたしたちが突然《とつぜん》空からふってきたとでもいうように、目をまるくしてこっちを見つめた。ヒゲの男もおどろいてこっちを見た。それでもナディーンの肩《かた》にまわした腕《うで》をはなそうとはしない。

「手をはなして！」わたしがどなった。

「オジサン、さっさと向こういきなよ！」マグダもいった。

「きみたちはだれだい？　ナディーンはぼくのかわいい恋人《こいびと》なんだ。そうだよね？」ソイツはゾッとするような手つきでナディーンをなぜた。

「恋人じゃなくて、おじいちゃんのまちがいでしょ！　今すぐ消えないと警察《けいさつ》呼《よ》ぶから。児童暴行《じどうぼうこう》で訴《うった》えてやる」

男はこまった顔でナディーンのほうを見た。「友だちに説明してくれないか？」

ナディーンがようやく口を開いた。「よーく聞いて。あんたとなんか、なんのかかわりもない！　今すぐあっちへ行って」

ヒゲの男がやっとはなれた。通りを遠ざかり、角を曲がって、とうとう見えなくなると、ナディーンがわっと泣きだした。

「ナディーン、泣かないで。だいじょうぶ。もうもどってこないよ」わたしがいった。

「黙《だま》って来たりして、ゴメン。どうしても心配で。エリスが来たら消えるから」

「さっきのがエリスだったの」ナディーンがしゃくりあげた。

「え？」

「だってアイツ、すごい年よりだったじゃない。エリスはたしか十九歳《さい》のはずじゃ……」

「ちょっと若《わか》くいったんだって」

「ちょ、っ、と、って……！」

「わたしなら気にしないだろうと思ってたみたい。映画《えいが》の上映が中止でもかまわない、本物そっくりのわたしといると、ふたりきりの〈ザナドゥ〉の世界だね、とかいいだして……」

「ヤダー、気持ち悪い！」

「ホント。気持ち悪いを通りこして、こわかった……」

「でもだいじょうぶ。あんなヤツ二度とかかわることもないよ。わたしたちもいっしょだし。心配ないから」

「なんてバカだったんだろう」ナディーンはまだ泣いている。「あんなにエリスに夢中《むちゅう》になって……。突然《とつぜん》あんなオジンが出てきて、まるで本物のエリスがどこかにつれていかれたみたい。結局エリーが正しかったんだわ。それなのに、『だからいったのに』ともいわないのね」

「そういえば忘《わす》れてた！」わたしはナディーンをだきしめた。

「やっぱり、エリーは世界一大切な親友よ」ナディーンもわたしにだきついた。「それにマグダも……」ナディーンは心配そうにこっちを見た。「仲直りできたの？」

マグダがわたしの顔を見る。わたしが答えた。

「もちろん！　わたしたち三人は、ずっとずっと、一生友だちだよ」

17

Girls cry when
everything ends happily ever after

女の子はハッピーエンドで涙が出ちゃう

さっきのヒゲ男のイメージが頭からはなれない。男の顔が頭のなかで、だれかの顔に変わっていく。とても身近なだれか……。その人はおとうさんのヒゲで、おとうさんの髪《かみ》で、おとうさんの目で、おとうさんの顔だ。いつのまにか、おとうさんがイヤラシイ目でナディーンを見ていたように思えてくる。

「エリー、どうしたの？　なんだか黙《だま》りこんじゃって」帰りの地下鉄で、マグダがたずねた。「もう仲直りしたんだよね？」

「うん」

「だったらラッセルとも、元どおりね？」ナディーンにたずねられたけど、正直なところわからない。

「それは微妙《ビミョー》。パーティのことだけじゃないから。ほかにもいろいろあって。今は男の子のことは考えられない」

「わたしもだわ」ナディーンが身震《みぶる》いした。

「あたしは、だいじょうぶ！　ねえ、まだ時間も早いから、ウチでビデオでも見ない？　たぶん〈ザナドゥ〉の第一話もあったと思うよ！　ママのチーズケーキで、パーティといこうよ。あとはパパにたのんで、予定どおり家まで送ってもらうからさ」

「うれしい！」ナディーンがいった。

ふたりともわたしを見てる。

「そうしたいのは山々だけど……」

「やっぱりまだ怒《おこ》ってるんだ。そうだと思った！」マグダがなげいた。

「ちがうってば！」わたしはマグダをひじでこづいた。「ただ、どうしてもやらなきゃいけないことが……」

「友だちとのおしゃべりより大切なことってなにさ？」マグダがいうと、ナディーンがため息をついて、声に出さずになにかをいった。「おーっと！」とマグダ。ふたりともニヤニヤしてる。

「そうだね！　わかった！　今日はいいから、明日か、あさっての晩《ばん》か、まあ、いつでもいいからまた来なよ」

この人たち、わたしがラッセルのとこに行って仲直りするつもりだと、思いこんでる。ラッセルのことをどうしたいのかは、自分でもよくわからない。でもとりあえずこれから行く場所は、ラッセルのところではない。

美術《びじゅつ》学校だ。

どうしてもおとうさんが許《ゆる》せない。今日こそはっきりさせなきゃ。仕事が忙《いそが》しいといっては、毎晩遅《まいばんおそ》くまで家に帰らない。そんなのどうせデタラメだ。学生のだれかと、出歩いてるに決まってる。絶対《ぜったい》そうだ。自分の年の半分の女と。イヤラシイ目でその子をながめて、あのサイテーなエリスそっくりのことをしてるんだ。わたしの想像《そうぞう》の女学生は、ナディーンとたいして年もちがわない。

おとうさんのオフィスに行こう。だれもいないのをたしかめておいて、今晩おとうさんが帰ってきたら、それを証拠《しょうこ》に問いつめてやる。

マグダとナディーンとは駅で別れて、わたしは美術学校まで急ぎ足で歩いた。ひとりで歩くのは妙《みょう》に緊張《きんちょう》する。行く先々で、あやしい男がかげにひそんでいるように思えてしまう。わたしは男の人の姿《すがた》が見えるたびにこぶしをにぎりしめ、あやしいそぶりを見せたら、顔に一発お見舞《みま》いしてやろうとかまえながら歩いた。そんなのおかしいとは思う。ホントはみんな、仕事帰りか、パブ帰りか、散歩中のフツーの無害な人に決まっている。でも今は、男という男があやしく見えてしまう。なかでもいちばんあやしいのは、おとうさんだ。美術学校《びじゅつ》の入り口で、大きな暗い建物の影《かげ》をにらみつけた。オフィスの場所は知っている。いちばん上の階だ。部屋の電気はみんな消えている。ホラね！　なにが、「遅《おそ》くまで仕事」だ。建物全体が暗闇《くらやみ》に沈《しず》むなか、二階のスタジオにだけ明かりがついている。のぞきこんで、息をのんだ。おとうさんが窓《まど》の近くに立っている！　横顔だけど、まちがいない。頭が、前や後ろに動いて、だれかを見てるみたいだ。なんてこと……。

スタジオで女学生といっしょにいるにちがいない。どうしてこんなことを……？　哀《あわ》れなアンナは、気が変になりそうだというのに。

わたしは門をぬけて、建物の入り口に向かった。正面のドアは鍵《かぎ》がかかってるけど、角を曲がったところに職員専用《しょくいんせんよう》のドアがあって、まだ開いている。なかに入り、長い廊下《ろうか》を歩いていくと、静まりかえった建物に、ブーツの足音が不気味に響《ひび》く。ドロボウみたいにつま先で歩いて、なるべく音をたてないようにした。スタジオへの階段《かいだん》をそっとのぼる。心臓《しんぞう》がバクバクいっている。わたし、なにやってるんだろう？　ホントはなかを見るのがこわい。だったらなんにも知らないほうがいい？　ちがう！　この目でたしかめて向き合うんだ。そして、おとうさんと話をする。恥《はじ》をかき、こわい思いをするだろう、それでもきちんとたしかめたい。もしも自分の父親が、さっきのイヤラシイオジサン、、、と変わらないことをしていたとしても、逃《に》げたりしない。事実を受けとめ、おとうさん自身にもそれを認《みと》めさせるんだ。

わたしは力まかせにスタジオのドアをあけた。おとうさんが息をのむ。ほかには、だれもいない……！　おとうさんはキャンバスの前に立ち、向こうに鏡が立てかけてある。自《じ》画像《がぞう》を描《か》いてるんだ。おどろかせたせいで、ヒゲの茶色い絵の具が絵のなかのおとうさんの鼻についてしまった。

「おいおい、エリーじゃないか。おまえのせいでひどいことになったぞ。びっくりして心《しん》臓《ぞう》が止まるかと思った。どうしてここに？」

わたしはなにもいえずにおとうさんを見つめた。

「さてはおとうさんを、調べに来たな？」

「そんなんじゃない！　っていうか……」

「いつもいってるだろう。アヤシイことなんかなにもないって。それにそんなチャンス、この年でめったにあるもんじゃないぞ！　学生にも、とっくに賞《しょう》味《み》期《き》限《げん》切《ぎ》れのオジサンとしか思われてないさ。まあ実《じっ》際《さい》そのとおりだし」

「なにいってるの……」なんとも身のおきどころがない。「びっくりさせてゴメンなさい。さっきのは直せるよね？」

「さあ、このままにしておくかな？　鼻に毛がフサフサしてるのも、悪くないかもしれないぞ」

おとうさんの隣《となり》で、正面から絵を見た。すごくうまい。おとうさんはいつもすばらしい絵を描《か》く。ただし、ずいぶん長いあいだ、マトモな作品は描いていなかった。自画像《じがぞう》は、痛々《いたいた》しいくらい写実的に描《えが》かれている。しわの数、白くなりかかった髪《かみ》。つき出たおなかや、猫背《ねこぜ》、すりきれた靴《くつ》までわざと強調して描きこんである。

絵のなかのおとうさんは、やはりイーゼルの前で絵を描いている。そしてその絵をじっと見つめている。そこに描かれているおとうさんは、まったくの別人だ。ずっと若《わか》く、ヒゲも短く手入れして、ヘアスタイルもイマ風《ふう》だ。おなかはペッタンコで、黒いオシャレなスーツを着こんでいる。背景《はいけい》は展覧会場《てんらんかいじょう》。おとうさんの個展《こてん》かもしれない。大勢《おおぜい》の人がおとうさんをかこんでいる。アンナもわたしもエッグもいる。うしろでは、脚線美《きゃくせんび》の女の子がそろってシャンパングラスをかかげてる。そしてビジネススーツの人が何人も、おとうさんの絵を買うため、高額《こうがく》な小切手にサインをしている……。

「おとうさん……」そっといってみた。

「なんだか悲しいだろ？」

「とっても……とってもすばらしいよ」そして悲しいのも事実だった。おとうさんは、かつての夢《ゆめ》がかなわないと感じている。

「こんなの、すばらしくもなんともないさ。でもこれがせいいっぱいだ。毎晩《まいばん》必死で描《か》いてみた。だからってなんにもならない……。なりたい自分はあっちだ……」おとうさんは、絵のなかの絵を指さした。「だけど、どうあがいてもこっち側にいる今の自分は変わらない。ヤキモチやきのただのおいぼれさ」

「このあいだはひどいこといって、ホントにゴメンなさい。あんなの本気じゃない。それにわたし、本物のおとうさんがいちばん好きだよ」

「それを聞いて安心したよ。たとえ老いた父親への同情《どうじょう》だとしても」

「アンナも、今のおとうさんがいちばん好きなんだよ」

「それはどうかな？　アンナはもう、ちがう世界に行きかけている。おとうさんのことは、あきあきしてると思うよ。この先、新進のデザイナーと出会うこともあるだろうし……」

「だとしても、アンナがいっしょにいたいのは、おとうさんだけだよ。どうしてわからないの？　おとうさんがどこかに行ってしまうんじゃないかって、アンナがどれほどツラくて不安に思ってたことか。絵を描いてたんなら、どうしてそういわなかったの？」

「マトモに描けるかどうか、さっぱり自信がなかったんだよ。だからだれにもいいたくなかった。自分だけの秘密《ひみつ》にしておきたかったんだ」

「アンナに意地悪してやれ、とも思ったでしょ？」

「あれほど忙《いそが》しければ、おとうさんなんか、いてもいなくても気がつかないだろう？」

「そんなわけないでしょ！　わかってるくせに！　アンナにはおとうさんが必要なんだよ。おとうさんのこと、愛してるんだから」

「そりゃおとうさんも、アンナのことを愛してるさ」ぶっきらぼうに、おとうさんがいった。

「だったら、もういいかげんウチに帰って、そういってあげれば？」

「そうだな、そろそろ帰るか。ところでこの絵、ホントにイイと思うか？」

「おとうさんってば……。いったでしょ、すばらしいよ」

「そうか。それほどひどくはないのかも……。仕上げにまだまだ時間はかかるが」

「毛がフサフサの鼻とか？」

「そのくらい、あっという間さ」おとうさんはピンクっぽいベージュの絵の具を筆にとると、鼻をよごしたヒゲの茶色の上にぬりはじめた。

「ついでにヒゲも消したら？　ヒゲのない顔も見てみたい」

「ヒゲはおとうさんのトレードマークだぞ」

「さすがに小さいころは生えてなかったでしょ？」

「イヤ、生まれてからずっとだ。赤《あか》ん坊《ぼう》のころは、ほわほわの産毛《うぶげ》、よちよち歩きのころは短いあごヒゲ、六歳《さい》からこっちは今と同じだ」おとうさんが笑った。「よし、試《ため》してみるか？」

おとうさんは、ヒゲを器用に肌色《はだいろ》でつぶした。まるで顔が裸《はだか》になったみたいだ。でも、悪くないかも？

「このほうがずっと若《わか》く見えるよ」

「そうか？」おとうさんは自分のヒゲをなぜた。「それなら、こっちもそってみるか？」

「アンナの意見も聞いてからにして。もしかしたら、サンタさんみたいなヒゲが好きっていうかもしれないし」

「まったく、娘《むすめ》にかかるとかたなしだな」

おとうさんは絵筆の尻《しり》で、わたしをつっついた。わたしも絵筆を手にとり、フェンシングごっこが始まった。おとうさんはやっぱりおとうさんだった。サイコーにうれしい。

ウチに帰ると、わたしはさっさと部屋にあがって、おとうさんとアンナを水入らずにした。これでウマく行くかどうかなんてわからない。だけど翌朝《よくあさ》、ふたりがいつになくおしゃべりしていた。

仕事に出かけるおとうさんが、アンナの頬《ほほ》にキスをする。わたしは目でアンナに合図した。アンナはほんのり顔を赤くして、すました顔でニッコリした。

郵便受《ゆうびんう》けに手紙が来た。エッグが走ってとりに行く。

「つまんねー、つまんねー、つまんねー！」エッグは、たくさんのビジネスレターを指ではじくと、アンナにわたした。「なんでママにはこんなにお手紙が来るの？」

「ママのセーターへのお手紙なの。早いとこ秘書《ひしょ》をやとって、返事を書くのを手伝ってもらわなきゃ。それからわたしが出かけるとき、エッグのめんどうをみてもらう人も必要だわ。とにかく、今の状態《じょうたい》をなんとかしないと……！」

エッグの両手にはまだ手紙が残っていた。「こっちはエリーだ。ズルい！　オレも手紙ほしい！」

「学校から帰ったら、コーンフレーク・キッドの手紙書いたげる。だからその手紙見せてよ！」

エッグから手紙を受けとると、ひとつひとつを手にとった。心臓《しんぞう》がドキドキいってる。どちらの字にも見覚えがある。どっちからあけよう。どちらにしようかな……。結局ニコラ・シャープからの手紙を先にあけることにした。ニコラ自身のイラストが、大勢《おおぜい》のレインボー・フェアリーと手をつないでる！

Dear エリー

心配しないでもだいじょうぶ。あなたのイラストはりっぱなオリジナル作品です。おかあさまとの思い出はとてもいい話で、胸《むね》を打たれます。でも、あなたはそれを発展《はってん》させて、マートルを自分のものにしたのですよ。

お手紙のイラストもとてもステキです。あなたの作品をぜひもっと見せてください。いつかお会いできないかしら？　夏休みにでもスタジオにいらっしゃいませんか？　レインボー・フェアリーを描《か》いてごらんにいれるから、マートル・マウスを描いて見せてください。

愛をこめて
ニコラ

「すごーい！　ニコラ・シャープがスタジオに招待《しょうたい》してくれるって！　最初にマートルを考えたのがおかあさんでも、気にしなくていいって。それでもわたしのオリジナルだといってくれた！」

わたしはアンナに手紙をわたした。カラフルなイラストを見て、エッグが横取りしようとする。

「いい子だから、乱暴《らんぼう》にしないで。とっても大切なものなの。ニコラ・シャープさんが、エリーだけのために描いてくれたのよ」

「エリーのほうがウマいよ！　オレの手紙にコーンフレーク・キッド描いて」

「ＯＫ。約束！」そう答えて、もう一通の封筒《ふうとう》をあけた。なかには大きい画用紙がたたまれている。

「ラッセルからなの？」アンナがたずねた。

「たぶん」手紙を開く手が震《ふる》えてしまう。それは大きい指輪の絵で、「ゴメン」の文字がいくつもいくつも彫《ほ》られている。文字と文字のあいだには、小さいハートや花が描《か》きこまれて。きっと何時間もかかったにちがいない。ていねいに色までつけてある。どの花もちがう色で、指輪の黄金《ゴールド》が美しく光り輝《かがや》いている。背景《はいけい》は、すんだ青。

絵の下に手紙があった。

愛するエリーへ

ゴメン、ゴメン、ゴメン、ゴメン、ゴメン、ゴメン、ゴメン、ゴメン、ゴメン、ゴメン、ゴメン。何度あやまっても許《ゆる》してもらえないかもしれないけど、本当に心の底からゴメン。もう一度、初めからやり直したい。放課後、最初に出会ったマクドナルドで待つ。いつまでもいつまでも、待ってるよ。

LOVE
ラッセル
xxxxxx

「どう？　じゅうぶん反省したみたい？」と、アンナ。

「うん、まあまあかな」と、わたし。

「ラッセルのこと、今はどう思ってるの？」

「よくわかんない」

アンナはニヤッと笑った。「わかってるくせに！」そして、ぎゅっとだきしめてくれた。

学校までは、ほとんど駆《か》け足《あし》だった。角をまがると、ああ、仕事に向かうあこがれの君《キミ》がそこにいる。

「エリーじゃないか！　また会えるのを待ってたんだよ！」

「今回はめずらしく、ぶつからなかったね！　ケビン、この前の晩《ばん》は本当にありがとう。あんなにやさしくしてくれて。わたしメチャクチャだったでしょ？　ホントにゴメンなさい」

「元気になった？　ってきく必要なさそうだね。カレシと仲直りしたんだろ？」

「どうしてそう思うの？」

「だってそんなに、楽しそうに笑ってるじゃないか！」

笑顔《えがお》は一日じゅう消えなかった。ナディーンとマグダにはからかわれたけど、ふたりとも喜んでくれた。ああ、放課後が待ちどおしい！　わたしは終業《しゅうぎょう》のベルと同時に、廊下《ろうか》を駆《か》けだした。

「エリー、落ち着きなさい。その勢《いきお》いでは小さい子をなぎ倒《たお》してしまいますよ！」ヘンダーソンが追いかけてきた。「どうして、ホッケーコートではその見事な走りを見せてくれないのかしら！　でも元気になってうれしいわ」

　わたしはヘンダーソンにも笑って見せた。やっぱりイイ人だ。

　そしてふたたび猛《もう》スピードで走りはじめる。学校を走り出て、町へ、マクドナルドへ。ラッセルがいた。胸《むね》にスケッチブックをだきしめて、不安そうにあたりを見まわしている。髪《かみ》は乱《みだ》れ、目の下にはくまが。このまま胸に飛びこみたい。なんとか思いとどまって、わざとゆっくりラッセルの前を通りすぎ、カウンターでポテトとコーラを買う。

　それから、ラッセルとは反対側のテーブルに席をとった。自分の小さいノートをとりだして、スケッチを始める。ポテトをつまみ、コーラを飲みながら。ラッセルを描《か》く。ラッセルも一生懸命《けんめい》描いている。わたしが描いてるのは、わたしのことをスケッチしてるラッセル。ラッセルが描いてるのは、ラッセルのことをスケッチしてるわたし。相手のほうを見るたびしょっちゅう目が合う。思わず微笑《ほほえ》んでしまう。ラッセルもニッコリ笑って、立ちあがるとこっちに歩いてきた。ホントに初めて出会ったときにもどったみたい。

でも、まったく同じというわけにはいかない。

前とはどこかがちがうはず。

もしかしたら、前よりうまくいくのかも。

それはこれからのお楽しみ……。

訳者あとがき

本書『ガールズ イン ティアーズ：涙がとまらない』（原題 Girls in Tears）は、ロンドンのハイスクールに通うエリー、マグダ、ナディーンの仲良し三人組のストーリー、「ガールズ」シリーズの第四巻で（今のところ?!）最終作にあたります。

著者ジャクリーン・ウィルソンは、児童書を中心に七十冊以上を出版している英国児童書界のベストセラー作家です。さまざまな悩みや孤独を抱える子供たちの気持ちに寄りそいつつ、ユーモアをきかせたテンポのよい語り口で「深刻な問題も軽いタッチで描きあげるその職人技」（デイリーテレグラフ書評より）は多くのファンをひきつけ、英国ではつねに子どもの本のベストセラー上位にランクインしています。

前作の『ガールズ アウト レイト：もう帰らなきゃ!!』では、主人公のエリーに年上の恋人が現れ、「友達」、「恋人」、「家族」の三者のはざまでゆれる気持ちが、多くの読者の共感を呼びました。ガールズ世代の読者は、「ちょっとわたしに似ている」、「自分の友達のことみたい」と、現在形ですんなりストーリーの中に入りこみ、さらに幅広い年齢層の読者からも、「読んでいて学校のこと、好きな人のこと、ドキドキする気持ちを思い出した」との感想が寄せられました。

本書では前作に引き続き、恋するエリーの気持ちをストーリーの中心に、女の子ならだれにも思い当たる「涙」を周《めぐ》るさまざまなエピソードが散りばめられています。ロマンチックなはずの「運命の恋」も、気がつけば「どこまで許す、許さない」といった、煩わしい命題を突きつけてきます。そして秤にかけられる友情と恋。嫉妬、仲間はずれ、裏切り、誤解……。いったん通り過ぎてしまえば些細で他愛なく思えることも、渦中にいるエリーたちには深刻で切実な大問題です。ハッピーエンドを半ば予想しながらも、物語にぐいぐい引きこまれて、思わずエリーたちと一緒に泣き笑いしてしまう展開に、あらためてウィルソンの筆力を感じさせられます。

またシリーズ四巻を通して、父親や義理の母親のアンナをはじめ、登場人物ひとりひとりがいきいきと描かれていることも、本書のもう一つの魅力です。夫婦の関係も、通り一遍のきれいごとではなく、嫉妬や猜疑心などがきちんと盛りこまれ、それを見つめるエリーの視線や親娘関係も、エリー自身の成長とともに変化します。このあたりが物語全体にリアリティーをあたえ、読者に、自身の物語だと思わせる所以《ゆえん》でしょう。

さて本シリーズは、英国ですでに連続ドラマ化されて放映されましたが、現在さらにその続編を製作中と、シリーズ完結後も依然として大人気です。ウィルソンも、「続きが読みたい」との多く読者からの要望を受けて、続編の執筆を検討する、とホームページで答えており、今後がなんとも気になるところです。

日本の読者にお届けするウィルソンの次の作品は、最新作『ミッドナイト（仮）』（原題Midnight）です。主人公のヴァイオレットは、大好きな絵本作家の描く妖精の世界を心の拠りどころとする内向的な少女です。家庭でも学校でも自分の居場所がないと感じるヴァイオレットの前に、華やかな転校生のジャスミンが現れて、孤独な生活が突然変わりはじめます……。妖精の魅力と幻想的な雰囲気に満ちた、ウィルソンの新しい世界をお楽しみに。

最後になりましたが、シリーズを通してお世話になった理論社の小宮山民人さんと編集の奥田知子さん、原文チェックの伴誠子さん、また「思わず手にとりたくなる」ステキな本に仕上げてくださったイラストレーターの大滝まみさんとブックデザインの高橋雅之さん、この本に出会うきっかけをくださった翻訳家の千葉茂樹さん、そして最初の読者となってくれた子どもたちに感謝します。

二〇〇三年　十二月

尾高　薫

ガールズ イン ティアーズ
涙がとまらない

NDC933
四六変型判 19cm 310p
2004年2月 初版
ISBN4-652-07738-6

著者 ジャクリーン・ウィルソン Jacqueline Wilson
1945年イギリス生まれ。ジャーナリストを経て作家に。児童書を中心に英国で約70冊以上の本を出版し、毎月5万部を売り上げる。犯罪小説、脚本なども手がけている。『バイバイわたしのおうち』（偕成社）でチルドレンズブック賞、『ふたごのルビーとガーネット』（偕成社）と『Lizzie Zipmouth』（未邦訳）でスマーティーズ賞を、『The Illustrated Mum』でガーディアン賞を受賞。本書は『ガールズ イン ラブ』にはじまる「ガールズ・シリーズ」の第四作。

訳者 尾高 薫（おだか かおる）
1959年北海道北見市生まれ。国際基督教大学卒業。東京都江戸川区に三人の子どもたちと住む。訳書に『ガールズ イン ラブ』『ガールズ アンダー プレッシャー：ダイエットしなきゃ!!』『ガールズ アウト レイト：もう帰らなきゃ!!』がある。

作者 ジャクリーン・ウィルソン
訳者 尾高 薫
発行 株式会社 理論社
発行者 下向 実
〒162-0056
東京都新宿区若松町15-6
電話 営業 (03)3203-5791
出版 (03)3203-2577

2006年2月第12刷発行

URL http://www.rironsha.co.jp

ジャクリーン・ウィルソンの

girlsシリーズ

ニック・シャラット/絵
尾高 薫/訳

ガールズ イン ラブ

仲良しだって恋ではライバル。超かっこいいカレシができたんだ！　というエリーは、ウソとホントがごちゃごちゃに…。

ガールズ アンダー プレッシャー

やっぱ、もっとやせないとダメだっ！　とダイエットにはげむエリー。でも、クリスマスディナーの誘惑に、まけそう。

ガールズ アウト レイト

とつぜんの恋人出現にまい上がるエリー。でも門限やぶりを注意され、外出禁止のピンチ！ああ、カレシと家族と板バサミ。

ガールズ イン ティアーズ

女の子が涙を流すのはどんな時？　エリーの場合——友だちとケンカ、仲間はずれ、失恋、太ってるって言われた…など。